鎮北堡
赤木口
玉泉營
廣武營
紅花渠
中衛城
金積山
黃河

宁夏水文化丛书　总主编　白耀华

长渠流韵

『塞上古渠杯』全国诗词大赛作品集

宁夏诗词学会
宁夏回族自治区水利厅　编

黄河出版传媒集团
阳光出版社

图书在版编目（CIP）数据

长渠流韵："塞上古渠杯"全国诗词大赛作品集 / 宁夏诗词学会，宁夏回族自治区水利厅编. – 银川：阳光出版社，2019.12

ISBN 978-7-5525-5217-1

Ⅰ. ①长… Ⅱ. ①宁… ②宁… Ⅲ. ①诗词 – 作品集 – 中国 – 当代 Ⅳ. ①I227

中国版本图书馆CIP数据核字（2019）第300458号

长渠流韵

"塞上古渠杯"全国诗词大赛作品集

宁夏诗词学会
宁夏回族自治区水利厅 编

责任编辑 谢 瑞 施 娜
装帧设计 吴海艳 冯彦青
责任印制 岳建宁

黄河出版传媒集团
阳光出版社 出版发行

出 版 人 薛文斌
地 址 宁夏银川市北京东路139号出版大厦（750001）
网 址 http：//www.ygchbs.com
网上书店 http：//shop129132959.taobao.com
电子信箱 yangguangchubanshe@163.com
邮购电话 0951-5045842
经 销 全国新华书店
印刷装订 宁夏银报智能印刷科技有限公司
印刷委托书号 （宁）0016137

开 本 720mm × 1020mm 1/16
印 张 19.5
字 数 150千字
版 次 2019年12月第1版
印 次 2020年1月第1次印刷
书 号 ISBN 978-7-5525-5217-1
定 价 68.00元

《宁夏水文化丛书》总编委会

《长渠流韵——『塞上古渠杯』全国诗词大赛作品集》编委会

主　编　张　嵩

副主编　刘建勇　马　翚

编　委　魏康宁　闫云霞　张　铎　火会亮　白林中

李玉民　邓成龙　左宏阁　陆　超　王武军

总序

文化是一个国家、一个民族的灵魂，也是人民群众的精神家园。水文化作为中华文化和华夏文明的重要组成部分，是水利事业持续发展的思想旗帜和动力源泉。宁夏引黄灌溉始于秦汉，历经朝代更替从未中断发展。千百年来，引黄古渠生生不息、血脉流润，造就了沟渠纵横、稻谷飘香的『塞上江南』，孕育了独具特色、辉煌璀璨的水历史文化，是黄河文明、农耕文明的生动体现，已成为宁夏人民自强不息、厚德载物、开放包容的精神食粮。

水是生命之源、生产之要、生态之基，也是经久不衰的文化母题。在长期治水实践中，涌现了大量杰出的治水人物，积累了丰富的治水、用水、管水经验，为区域社会经济发展作出了突出贡献，为文学创作提供了丰富素材和广阔空间。历代治水先贤、文人墨客关注水利、热爱水利、讴歌水利，创作了大量具有深刻思想内涵、感人艺术魅力、强烈地域特征、鲜明水利特色的珍贵作品，仅唐代以来创作的水利诗文达三百余首、碑记四十余篇，另有奏谕、书论、律令、传记、轶事等二百余篇，为推进水利事业发展提供了强大精神动力。

天赐大河，水脉传承。二〇一六年十月，宁夏水利厅党委审时度势，启动了宁夏引黄古灌区申报世界灌溉工程遗产工作，在自治区党委、政府的高度重视和国家水利部、国家灌排委的帮助指导下，『申遗』工作高位推动，取得成功。二〇一七年十月十日，宁夏引黄古灌区正式列入世界灌溉工程遗产名录，不仅填补了宁夏相关领域申遗空白，更向世界亮出了宁夏『金』字名片。为了让历史悠久、底蕴深厚的塞上水文化更加生动直观的展现于世人面前，我们组织人员对宁夏水历史文化进行系统研究、深度挖掘，形成了一批从不同侧面反映宁夏水利璀璨文化的素材和成果，将以《宁夏水文化丛书》的形式陆续编撰出版。相信这些精品力作的问世，将为宁夏水文化建设增添一笔宝贵财富，开创具有时代特征和行业特色的水文化建设新局面。

站在新的历史起点上，波澜壮阔的治水兴水实践，必将会产生更为丰厚的文学创作素材，搭建更为广阔的文化展示平台。衷心希望社会各界能更多地关心、关注宁夏水利，积极创作出更多的水利文化作品，凝聚起助推水利事业转型升级发展的强大合力，为文化兴宁、产业兴宁、开放兴宁、实干兴宁作出新的、更大的贡献。

宁夏回族自治区水利厅

二〇一八年八月

序

悠悠渠水清

——『塞上古渠杯』全国诗词大赛作品集序

宁夏平原自古以来就得益于黄河水的自流灌溉，河渠成网，阡陌纵横，沃野千里，富庶一方，从而成就了塞上江南的美誉。二〇一七年十月，宁夏引黄古灌区被列入世界灌溉工程遗产名录，不仅彰显了中国古代水利工程的经典，也向世界展示了今日宁夏无穷的魅力。水脉传承，文化接续。为了弘扬广博而精深的水利文化，由宁夏回族自治区水利厅主办，宁夏诗词学会、宁夏水利博物馆、《朔方》杂志社承办的『塞上古渠杯』

全国诗词大赛，在稻菽飘香、瓜果熟稔的六月拉开了序幕。前期在《中华诗词》《宁夏日报》《朔方》《夏风》等报刊发布征稿启事，又组织区内外五十多位诗人词家用两天时间赴宁夏主要干渠、水利枢纽采风，为大赛顺利进行做了大量的铺垫工作。两个多月来，各地诗人和广大诗词爱好者踊跃投稿，先后收到参赛稿件两千余首，经过整理、归类，再由聘请的区内外诗词专家、评论家初评、终评，最终评出一等奖三件、二等件五件、三等奖七件以及优秀作品二十五件。

一等奖作品三件，其中区外二件，宁夏一件。来自海南的女诗人张金英以一首《水调歌头·塞上古渠赞》名列前茅。张金英的词通过赞美塞上古渠，把宁夏悠久的历史，灿烂的文化巧妙地融入其中：『秦时钺，汉时斧，夏时关。古渠道道，谁把星子播平原？料想丝绸之路，相伴杏花春雨，梦到白云边。十四卷青史，无悔对尧天。』有情有景，意境深远，使词陡然增辉，而且格局也大。这首词为我们展开了一幅塞上江南壮美的画卷，时空转换，古今对比，仔细阅来，如同置身其中，令人感慨不已。其语言平实而不事雕琢、寓意深刻而不显呆滞，杏花春雨，共圆梦想；青史流芳，无悔尧天。意气盎然，颇具风采。宁夏女诗人马翚的词《满庭芳·参观宁夏水利博物馆》以细腻的笔法、流畅的语言道出了宁夏水利发展光辉而曲折的历程。『峰揽金波，堰堆飞雪，峡东新馆岿然。汉风唐韵，雕壁记渊源。远瞰黄河渺渺，奔腾去、遥接云天。华堂里，降龙治水，故事著流年。』自然景象，历史渊源，笔下生花，一气呵成，仿佛语句带风、拂面而过，十分清新。马翚是近年来在宁夏诗坛脱颖而出的优秀诗人，不断有作品在区内外有影响的刊物上面世，视野开阔、才气逼人，她的获奖代表了宁夏诗人创作的最新成果。江西诗人胡迎建是著名的老诗人，其作品七律《咏宁夏引黄灌区》虽说夫子气浓，但语言凝练，富有情调：『终古丰饶能立国，至今灌溉仗开渠。』『应谢黄河伸北绕，牵来水网带风疏。』细细品读其诗，不仅老成持重，而且气韵十足，当属上乘之作。

二等奖作品五件，区外三件，宁夏二件。宁夏老诗人崔永庆，多年从事农业工作，深知水利是农业的命脉这一真谛，他热情地歌咏道：『有智滋淤瘠化沃，无虞旱涝总描春。』『流韵古渠应不老，千秋万代济民心。』（《宁夏古灌区申遗成功》）古渠流润，千秋不息，道出了诗人心中永远的一个『春』字。该诗选题新颖，格调高昂，诗人笔下迸发出的不仅仅是诗，更是一种深情。北京诗人马建勋的《汉延渠》一诗描述了边塞战争与屯垦的历史，虽然时序交错，但依旧『稻菽』『斑斓』，开阔明朗；宁夏诗人丁玉芳的《念奴娇·引黄灌区感怀》『纵横渠道』，词意悠远；黑龙江诗人陈修文的《水调歌头·宁夏水利工程颂》『境界新开』『驰骋心怀』；陕西诗人韩景明的《一剪梅·宁夏卫宁平原漫兴》『水润桑田』、气韵不凡。五件作品都能紧扣主题，从不同角度展示了塞上古渠的绰约风姿。

三等奖作品七件，区外三件，宁夏四件。比例上宁夏诗人占多，这并不说明宁夏诗人的作品艺术质量就很高，其实真正和全国相比还有一段很长的路要走。要说优势就是前期诗人们深入引黄灌区一线进行了为期两天的采风，实地感受，真切感悟，掌握第一手材料，使诗人们的创作激情得到了很好的发挥，因而也创作出了质量较高的『接地气』的作品，从某种意义上来讲，也实现了通过一次大赛发现当地人才、鼓舞士气的初衷。陕西诗人马骏英的词俗中有雅，自然朴实；江西诗人曾小云的诗情景交汇，诗中有画；江苏诗人杨发余的诗韵味浓厚，色彩绚丽。宁夏四位诗人的诗词作品各有千秋，许东君的诗布景辽远，想象丰富；李刚军的诗简洁明快、意蕴深长；于秀萍的词活泼生动、颇多情思；潘万虎的词景象万千，情志高远，皆值得推许。

获优秀奖的作品也不乏优秀之作，但限于名额，只好『屈就』。如宁夏老诗人邓万的《黄河情怀》景象风生，大气荡然；北京诗人代丽娜的《宁夏古渠》『天流来汩汩，荒漠自如如。』语句流韵，典雅有致。凡此种种，不一而足。

这次，我们还从大量来稿中选出数百首作品同获奖作品一起编辑成书，以为纪念。既展示宁夏水利事业发展的辉煌历程，又弘扬传播新时代的文化精神，以诗化人，以诗感人，为共同促进中华优秀文化传承尽到一份应有的力量。

张嵩

二〇一九年九月十九日

目录

一等奖

水调歌头　塞上古渠礼赞　〇〇三
张金英　海南

满庭芳　参观宁夏水利博物馆　〇〇四
马　犟　宁夏

咏宁夏引黄古灌区　〇〇五
胡迎建　江西

二等奖

宁夏古灌区申遗成功　〇〇九
崔永庆　宁夏

汉延渠　〇一〇
马建勋　北京

念奴娇　引黄灌区感怀　〇一一
丁玉芳　宁夏

水调歌头　宁夏水利工程颂　〇一二
陈修文　黑龙江

一剪梅　宁夏卫宁平原漫兴　〇一三
韩景明　陕西

三等奖

鹧鸪天　宁夏引黄古灌区入选世界灌溉工程遗产名录　〇一七
马骏英　陕西

吟七星渠闸口　〇一八
许东君　宁夏

题塞上古渠　〇一九
曾小云　江西

题宁夏引黄古灌溉区　〇二〇
杨发余　江苏

李刚军 宁夏 夏日唐渠 〇二一
于秀萍 宁夏 **水调歌头** 星渠柳翠 〇二二
潘万虎 宁夏 **鹧鸪天** 青铜峡水利枢纽古渠口 〇二三

优秀奖

邓　万 宁夏 黄河情怀 〇二七
代丽娜 北京 宁夏古渠 〇二八
黄远飞 海南 题青铜峡 〇二九
陈凤兰 宁夏 **鹧鸪天** 古渠新吟 〇三〇
高凤林 陕西 水脉宁夏川 〇三一
张孝华 宁夏 宁夏水利赞歌 〇三二
牛海涛 宁夏 唐徕渠夜逢水利人 〇三三
蒋晓辉 广东 过引黄灌区思郭守敬 〇三四
杜　枚 宁夏 七星渠 〇三五
李光前 湖南 题唐徕渠 〇三六
华　芳 陕西 览胜塞上古渠 〇三七
张新喜 宁夏 致七星渠管理段职工 〇三八
蒙朝文 贵州 塞上古渠 〇三九
黄正元 宁夏 固海扬水工程 〇四〇

于卫东　宁夏　**国香**　古渠新貌　〇四一

谢　丹　广东　**水调歌头**　过青铜峡水利枢纽　〇四二

祁飞龙　宁夏　宁夏古渠　〇四三

汪业盛　湖北　唐徕渠　〇四四

邹　鹏　宁夏　唐徕渠情韵　〇四五

钱守桐　宁夏　渠魂国史　〇四六

郭凤林　河北　**水调歌头**　灌区怀古　〇四七

天　唐　宁夏　**浪淘沙**　七星渠　〇四八

祁国平　宁夏　宁夏水利博物馆　〇四九

魏珣丽　宁夏　民为邦本　〇五〇

杨　越　宁夏　咏古渠　〇五一

入选作品

丁玉芳　宁夏　贺宁夏引黄古灌区申报世界灌溉工程遗产成功　〇五五

念奴娇　引黄灌区采风怀感　〇五五

丁运时　湖北　咏塞上古渠　〇五六

满江红　塞上古渠颂　〇五六

卜用可　江苏　塞上古渠　〇五七

于卫东 宁夏
古渠青春 〇五七
最高楼 引黄灌区 〇五八

于秀萍 宁夏
唐徕古渠 〇五八
沁园春 塞上古渠 〇五九

于春水 山东
游宁夏 〇五九

马建勋 北京
艾山渠 〇六〇
唐徕渠 〇六〇

马骏英 陕西
沙坡头水利枢纽 〇六一
沁园春 宁夏引黄古灌区 〇六一

马翚 宁夏
塞上古渠 〇六二
满庭芳 瞻大禹雕像 〇六二

马福民 云南
咏古渠 〇六三
古渠颂 〇六三

马璐璐 宁夏
一丛花 游唐徕渠 〇六四

王力 河南
定风波 咏宁夏引黄古灌溉区 〇六四

王天明 河北
定风波 塞上古渠颂 〇六五

王文龙 浙江
咏汉渠 〇六五
咏宁夏 〇六六

目录

王冬　安徽　鹧鸪天　秦渠　〇六六
王永华　宁夏　仲夏夜唐徕渠畔遇故人　〇六七
唐徕夏日　〇六七
王贞饶　贵州　宁夏世界级引灌工程礼赞　〇六八
王孝友　宁夏　古渠　〇六八
王怀君　宁夏　行香子　黄河金岸　〇六九
采莲令　黄河楼　〇六九
王虎强　宁夏　过唐渠有思　〇七〇
王国军　宁夏　题红寺堡扬水工程　〇七〇
王学君　黑龙江　禹甸水魂　〇七一
王珂　宁夏　秦渠春韵　〇七一
王海清　吉林　塞上古渠　〇七二
王商杰　浙江　赞宁夏引黄灌溉工程　〇七二
王淑兰　宁夏　咏塞上古渠　〇七三
王淑鸿　河北　咏塞上古渠　〇七三
王超群　湖南　咏塞上古渠　〇七四
宁夏引黄古灌区变迁感赋　〇七四
王福祥　宁夏　唐渠烟柳　〇七五

西桥柳色 〇七五
王瑾 河北 青铜峡水利枢纽礼赞 〇七六
王霄瀚 河北 宁夏塞上古渠品味 〇七六
天唐 宁夏 西江月 渠灌古今 〇七六
清平乐 大禹文化园随想 〇七七
牛俊人 上海 游宁夏引黄古灌区 〇七七
牛海涛 宁夏 河西总干渠观水 〇七八
扬黄工程颂 〇七八
毛瑞花 河南 喝火令 咏宁夏秦渠 〇七八
方杏林 湖南 宁夏引黄古灌溉区成功申报世界灌溉工程
遗产有感二首 〇七九
邓万 宁夏 扬黄灌溉 〇八〇
望江南 〇八〇
邓威 山东 塞上行 〇八一
左启顺 江西 古渠新咏 〇八一
石生选 宁夏 颂水利 〇八一
石佳峰 湖南 浣溪沙 与朋闲游黄河大峡谷景区 〇八二
卢宗先 江苏 青铜峡览胜 〇八二

望海潮　塞上江南　〇八三
卢象贤　江西
秦渠　〇八三
叶兆辉　重庆
游宁夏引黄古灌区感赋　〇八四
叶红军　宁夏
怀通智　〇八四
满江红　水工志　〇八五
叶进　湖北
咏宁夏水文化　〇八五
田永胜　宁夏
咏塞上古渠　〇八六
田凯　宁夏
水利工人　〇八六
水利灌溉　〇八六

白重生　宁夏
青铜峡　〇八七
渠水春秋　〇八七
从培有　宁夏
唐徕渠　〇八八
冯国喜　湖南
塞上古渠礼赞　〇八八
兰政文　四川
鹧鸪天　古灌区感题　〇八九
吉铁兵　辽宁
题唐徕渠　〇八九
成文君　广东
卜算子　唐徕渠　〇九〇
朱周明　浙江
水利宁夏　〇九〇
朱建设　宁夏
塞上古渠之歌　〇九一

古渠新貌 ○九一
任登全 宁夏
惠农渠 ○九一
白马拉缰话唐徕 ○九二
刘一萌 宁夏
古渠颂 ○九二
刘文华 河南
古灌区情怀 ○九三
古灌区即景 ○九三
刘立平 宁夏
青铜峡黄河大峡谷 ○九四
水调歌头 题唐徕渠平罗段 ○九四
刘立国 辽宁
古渠吟 ○九五
鹧鸪天 古渠吟 ○九五
刘妙仙 广东
塞上古渠 ○九六
念奴娇 塞上古渠 ○九六
刘明辉 宁夏
青铜峡大坝怀古 ○九七
读《魏书·刁雍传》 ○九七
刘树靖 新疆
塞上古渠 ○九八
刘剑虹 宁夏
赞唐徕渠 ○九八
鹧鸪天 宁夏古渠吟 ○九九
刘　峰 河北
题宁夏引黄古灌溉区 ○九九

破阵子 读宁夏引黄古灌溉区英雄事迹有感 〇九九

刘新宇 宁夏

永遇乐 天水云蒸 一〇〇

刘新芳 宁夏

一剪梅 固海扬水工程赞 一〇一

水调歌头 青铜峡水利枢纽赋 一〇一

江仲辉 江西

塞上古渠 一〇二

沁园春 宁夏塞上古渠 一〇二

江勇勐 黑龙江

参观宁夏古灌区感赋 一〇三

汤俊峰 江苏

水调歌头 赞宁夏智慧水利 一〇三

安　杰 河北

夕阳渠景 一〇四

渠畔夜景 一〇四

祁飞龙 宁夏

塞上古渠 一〇五

青铜峡黄河大峡谷 一〇五

祁国平 宁夏

宁夏水利人 一〇六

水龙吟 宁夏古渠 一〇六

祁国凯 湖北

题宁夏引黄古灌区 一〇七

许东君 宁夏

题宁夏引黄灌区 一〇七

沙坡头水利发电厂感赋 一〇八

许金平 宁夏 访宁夏引黄古灌区有作 一〇八
许宗金 宁夏 赞宁夏水电工程 一〇九
长渠古韵 一〇九
孙中 江苏 宁夏古灌区 一〇九
孙连松 河北 塞上古渠 一一〇
沁园春 塞上古渠颂 一一〇
孙林泽 山西 咏塞上古渠 一一一
孙镜伯 北京 咏塞上古渠 一一二
纪福华 上海 塞上古渠 一一二

塞上古渠 一一三
苏培伟 陕西 渠流默默 一一三
杜枚 宁夏 己亥夏访渠口鱼嘴堰 一一四
水龙吟 咏黄河古灌渠 一一四
杜瑞光 宁夏 塞上古渠 一一五
古渠抒怀 一一五
李小龙 宁夏 **如梦令** 盐环定扬水之歌 一一五
破阵子 宁夏古灌区 一一六
李小英 湖北 **定风波** 青铜峡坝上有感 一一六

目录

李凤云 宁夏
引水西海固 一一七
沁园春 礼赞扬黄工程 一一七

李文清 山东
塞上江南诗 一一八

李宁善 宁夏
塞上江南旧有名 一一八

李永峰 宁夏
宁夏诗词学会『古渠杯』采风 一一九
黄河大峡谷随想 一二〇

李刚军 宁夏
贺宁夏古灌溉工程申遗成功 一二〇

李先民 宁夏
唐徕渠 一二〇
西江月 抗洪 一二一

李向前 河南
塞上古渠行吟 一二一

李兆海 河南
水调歌头 塞上古渠 一二二

李兴志 山东
赞塞上古渠 一二二
咏塞上古渠 一二三

李安辉 湖南
题宁夏唐徕渠 一二三
塞上古渠颂 一二三

李来栓 河南
题吴尚贤 一二四

李秀英 河北
沁园春 黄河水精神 一二四

李改香 河南
游塞上古渠有感 一二五

游塞上古渠感怀　一二五

李英　甘肃
过青铜峡咏黄河　一二六

李金明　河北
咏宁夏引黄古灌区　一二六

李京宇　内蒙古
塞上江南　一二七

李剑如　江西
浣溪沙　咏引黄灌溉区　一二七
踏莎行　塞上古渠行　一二八

李勇　广西
塞上古渠　一二八

李殷　河南
为宁夏引黄古灌区成功申遗赋　一二九
贺兰山放歌　一二九

李乾荣　江西
塞上古灌区行　一三〇
古渠垄上　一三〇

李跃贤　黑龙江
颂宁夏水利厅　一三一

李锦　江西
贺古渠申遗成功　一三一
题千年古渠　一三一

杨怀胜　山西
观宁夏古渠感吟　一三二
水调歌头　赏游银川感赋　一三二

杨威　新疆
塞上古渠赞　一三三

杨彦青　河北
引黄古灌区感赋　一三三

杨朝然　河南
大禹治水感赋　一三三
宁夏引黄古灌区抒怀　一三四

杨德平　宁夏
引黄灌区放歌　一三四
过古溉区　一三五
水调歌头　宁夏览古　一三五

肖　云　广东
秦渠　一三六

时玉维　黑龙江
塞上古渠二首　一三六

时俊杰　陕西
塞上水利　一三七
卜算子　智慧水利　一三七

吴志强　陕西
塞上古渠赞　一三八

吴彦哲　吉林
题宁夏黄河灌区　一三八

吴嘉英　宁夏
致渠道水利人　一三九
西江月　唐徕渠　一三九

邱道美　广东
临江仙　塞上古渠　一三九

何永哲　江西
秦渠　一四〇

何　红　宁夏
唐徕渠怀古　一四〇

何恒秀　山东
塞上古渠咏　一四一

何晓晴　宁夏
咏宁夏古渠　一四一

何海燕 宁夏
唐徕渠 一四二
塞上古渠 一四三

何智勇 浙江
唐徕渠 一四三

邹鹏 宁夏
湖城夏夜 一四四

邹慧萍 宁夏
唐渠赋 一四四
唐渠春灌 一四五

辛军 宁夏
古渠新韵 一四五

汪红 甘肃
鹧鸪天 咏水利人 一四六
喜迁莺 咏水利工程 一四六

沈忠辉 辽宁
咏塞上古渠 一四七

张中杰 河南
宁夏颂 一四七
宁夏吟 一四八

张文豹 北京
唐徕渠印象 一四八
鹧鸪天 黄河楼 一四八

张玉华 福建
古渠赋 一四九

张石醒 广东
宁夏古渠赞 一四九

张平 宁夏
十四灵渠 一五〇
灵渠古韵 一五〇

张守元 山东
咏宁夏引黄灌区 一五〇
卜算子 塞上江南 一五一

张孝华 宁夏
唐徕渠 一五一
唐徕人家 一五二

张志河 山东
咏宁夏引黄古灌溉区十四条古渠 一五二

张志善 山西
江城子 千年古渠赐永福 一五二

张秀娟 河北
鹧鸪天 引黄古灌溉区 一五三
临江仙 宁夏水利工程 一五四

张青松 河北
游唐徕渠 一五四

张雨倩 湖北
塞上古渠行吟 一五五
沁园春 宁夏塞上古渠感赋 一五五

张金龙 宁夏
忆江南 秦渠美 一五六
江城子 汉渠颂 一五六

张宗茂 河南
美利渠 一五七
卜算子 青铜峡 一五七

张脉峰 北京
银川湿地喜赋 一五八
贺黄河金岸 一五八

张爱军 河北
古渠赞 一五九

张海生	宁夏	青铜峡口水利枢纽吟　一六〇
		沙坡头黄河水电站观感　一六〇
张　琳	重庆	**水调歌头**　咏宁夏引黄古渠　一六〇
张　辉	黑龙江	赞秦汉渠灌区　一六一
		题引黄古灌区　一六一
张　鹏	山东	题汉渠　一六二
		浪淘沙　题唐徕渠　一六二
张新喜	宁夏	唐徕渠骑行　一六三
张德新	黑龙江	**水调歌头**　赞塞上古渠　一六三
张耀臣	北京	过宁夏引黄古灌区　一六四
张　巍	湖北	咏黄河古灌区　一六四
		青铜峡水利枢纽赞　一六五
陈凤兰	宁夏	唐徕渠印象　一六五
陈东彩	广东	题塞上古渠　一六六
陈　军	宁夏	宁夏引黄古灌区　一六六
陈志斌	宁夏	咏塞上古渠　一六七
陈伯玲	湖南	塞上古渠　一六七
陈应方	广东	古渠新咏　一六七

陈建荣　江西
点赞宁夏灌区　一六八

陈树红　江苏
蝶恋花　塞上古渠　一六八

陈越　广东
谒黄河坛　一六九

陈斯高　江苏
宁夏引黄古灌区抒怀　一六九

陈敬裕　重庆
青铜峡大坝赞　一七〇

淡黄柳　固海扬水工程吟　一七〇

陈斌　宁夏
惠农渠感怀　一七一

咏唐徕渠　一七一

苗其华　湖南
题宁夏引黄灌区　一七二

范俊珲　宁夏
咏宁夏水利　一七二

咏郭守敬　一七二

林巧　四川
江南春　宁夏引黄灌溉　一七三

林素芳　广东
水龙吟　唐渠漫步　一七三

林锦城　广东
塞上古渠歌　一七四

临江仙　银川水调歌　一七四

林增寿　福建
咏宁夏引黄古灌区　一七五

易荣球　宁夏
千秋流韵总是情　一七五

黄河之水美　一七六

呼永峰　宁夏　唐徕渠畔柳　一七七
引黄灌区之古今　一七七
罗永珩　福建　咏宁夏引黄古渠　一七八
浣溪沙　过宁夏古灌溉区　一七八
罗金华　湖北　**水调歌头**　青铜峡水利枢纽感作　一七九
罗金龙　湖南　**临江仙**　塞上黄河　一七九
罗映清　云南　塞上古渠颂　一八〇
罗衷美　湖北　过宁夏引黄古灌溉区　一八〇
征　南　河南　古渠赞　一八一

金永波　黑龙江　咏宁夏水利工程　一八一
周文渊　湖南　谒唐徕渠感赋　一八二
画堂春　塞上江南颂歌　一八二
周占忠　宁夏　汉延渠　一八二
咏秦渠　一八三
周其荣　江苏　宁夏引黄古灌区放怀　一八三
周　栎　湖北　**水调歌头**　咏唐徕渠　一八四
周洪宇　重庆　宁夏古渠咏　一八四
生查子　咏塞上古渠　一八五

周强华 黑龙江

护渠人吟咏 一八五

宁夏引黄古灌区咏赞 一八六

郑力 河北

宁夏引黄灌区即景 一八六

郑汉文 广西

古渠感怀 一八七

临江仙 古渠水长流 一八七

郑志华 浙江

苏幕遮 咏宁夏古灌区 一八八

郑继光 宁夏

七星渠 一八八

中卫古渠新唱 一八九

承洁 江苏

题唐徕渠 一八九

临江仙 观宁夏引黄灌区有感 一九〇

孟国才 重庆

水调歌头 题宁夏引黄古溉 一九〇

赵俊军 云南

永遇乐 塞上古渠寄怀 一九一

赵洪禄 四川

谒银川郭守敬塑像 一九二

长相思 塞上桃花源 一九二

赵晓生 河北

游唐徕渠银川市区段寄怀 一九三

水调歌头 咏宁夏引黄古灌区 一九三

赵瑞刚 河北

鹧鸪天 最美塞上治水人 一九四

胡安毅 湖北

鹧鸪天 游宁夏喜赋 一九四

胡迎建 江西
咏宁夏引黄古灌区 一九五

胡启山 江苏
灌区遐思 一九五
卜算子 歌咏古渠 一九六

胡　斌 浙江
塞上怀远 一九六

钟元悦 宁夏
黄河春潮 一九七
塞上春景 一九七

钟吉豪 湖南
咏塞上古渠 一九七

钟萃相 江西
塞上古渠 一九八
水利兴邦 一九八

钟涵文 广东
青铜峡古灌区 一九九
满庭芳 宁夏古渠 一九九

段巨海 山西
临江仙 古渠歌 二〇〇

段守仁 江苏
塞上江南感怀 二〇〇

侯兴黉 云南
旅次宁夏古渠 二〇一

宣民庆 宁夏
青铜峡大坝抒怀 二〇一

胥必成 宁夏
塞上黄灌区感今怀古 二〇二

秦步云 河南
宁夏引黄古灌溉区有感 二〇二
望海潮 塞上古渠颂 二〇三

秦瑞娟 宁夏
过七星渠 二〇三
过青铜古峡 二〇四
班培红 陕西
咏塞上古渠 二〇四
宁夏抒怀 二〇四
袁桂荣 吉林
鹧鸪天 宁夏引黄古灌区 二〇五
贾来天 山东
沁园春 宁夏引黄灌区咏 二〇五
贾来发 云南
咏塞上古渠 二〇六
柴世德 浙江
咏黄河 二〇六
钱守桐 宁夏
唐正闸门 二〇七
名垂彼岸 二〇七
徐其祥 河南
念奴娇 塞上古渠怀古 二〇七
翁钦润 广东
咏宁夏黄河古灌区 二〇八
鹧鸪天 咏宁夏黄河古灌区 二〇八
高怀柱 山东
过宁夏黄河灌区 二〇九
高盛毅 辽宁
塞上古渠吟 二〇九
郭生有 宁夏
贡米 二一〇
玉龙 二一〇
唐凤琴 宁夏
冬灌 二一〇

春到唐徕渠 二一一
唐　龙　福建
题宁夏引黄灌区 二一一
唐军林　湖南
秦渠 二一一
唐秀玲　吉林
减字木兰花 塞上古渠 二一二
定风波 咏塞上古渠 二一二
陶裕东　广西
古渠灌田 二一三
塞上古渠 二一三
黄玉贵　宁夏
鹧鸪天 七星渠 二一四
黄正元　宁夏
西干渠 二一四
唐徕渠 二一五
黄　江　广西
题宁夏古渠 二一五
咏塞上古渠 二一五
黄远飞　海南
过宁夏古灌区 二一六
曹　杰　广东
游黄河古渠 二一六
曹树造　湖北
题宁夏引黄古灌溉区 二一七
龚远峰　浙江
观古渠有感 二一七
龚　琪　甘肃
满江红 游唐徕渠感宁夏水利建设 二一七
崔永庆　宁夏
西干渠 二一八

沙坡头水利枢纽工程礼赞　二一八

康锦花　内蒙古
咏宁夏古渠　二一九
苏幕遮　为宁夏引黄古灌区申遗成功题　二一九

章育林　湖南
水调歌头　唐徕渠　二二〇

梁小萍　江苏
为宁夏引黄古灌区作　二二〇

梁炯荣　广东
宁夏古渠礼赞　二二一

梁耿　山西
满庭芳　塞上古渠吟　二二一

彭旭　四川
八声甘州　赋宁夏古渠　二二二

董钧　宁夏
峡口沉思　二二二

蒋卫东　湖南
游塞上古渠抒怀　二二三

蒋为民　江苏
沁园春　塞上古渠　二二三

蒋世鸿　浙江
宁夏引黄古灌区寄怀　二二四
塞上古渠吟　二二四

韩长征　宁夏
唐徕春韵　二二五

韩星明　宁夏
唐徕渠赞　二二五
念奴娇　塞上古渠　二二六

覃安殿　广西
古渠颂　二二六

作者	地区	作品	页码
		咏水	二二七
程良宝	陕西	浣溪沙 塞上古渠风韵	二二七
		定风波 塞上黄河古灌渠吟	二二八
傅渝	重庆	过宁夏英雄赞	二二八
曾俊甫	湖南	宁夏秦渠	二二九
游智敏	四川	过银川谒古渠	二二九
		金缕曲 古渠放歌	二三〇
谢云	浙江	水龙吟 七星渠	二三〇
谢良喜	江苏	沁园春 有感于宁夏水利工程	二三一
谢保国	宁夏	宁夏水利吟	二三二
谢鹏主	湖南	题引黄古灌区	二三三
		沁园春 引黄古灌区放歌	二三三
谢慧颖	宁夏	秦渠春晓	二三四
谢巍琦	浙江	咏塞上古渠	二三四
赖永生	江西	咏宁夏引黄古灌渠	二三五
雷秀春	重庆	定风波 塞上古渠	二三五
解连德	山东	咏塞上古渠	二三六
		赞塞上古渠	二三六

蔡文帛　福建
水调歌头　塞上古渠　二三七
蔡全明　河北
古地新洲　二三七
塞上古渠　二三八
廖润昌　广东
题塞上古渠　二三八
谭俭方　广东
咏宁夏引黄古灌区　二三九
谭洪林　吉林
颂宁夏灌区　二三九
翟克江　山东
塞上古渠咏　二四〇
樊建雄　宁夏
典农河畔随想　二四〇
黎芷明　广东
秦汉古渠　二四一
颜怀臻　江苏
题塞上古渠　二四一
贺引黄古灌区申遗成功　二四一
潘万虎　宁夏
青铜峡水利枢纽　二四二
宁夏水利博览馆　二四二
潘世信　湖北
水调歌头　塞上古渠　二四三
薛建民　宁夏
红柳沟渡槽断思　二四三
天下黄河富宁夏　二四四
燕　锐　广西
浣溪沙　引黄灌区赋句　二四四
戴高山　福建
吟塞上古渠　二四五

魏红兵 湖北　水调歌头　塞上古渠放歌　二四五
魏　勇 湖南　塞上古渠颂　二四六
魏珣丽 宁夏　大禹治水　二四六

附录

评委及特邀作品

魏康宁
塞上古渠美之一　二四九
塞上古渠美之二　二四九
塞上古渠美之三　二五〇
塞上古渠美之四　二五〇

张　嵩
临江仙　塞上古渠吟　二五一
画堂春　七星渠　二五一
清平乐　青铜峡水利枢纽　二五二
醉花阴　晨过唐徕渠感怀　二五二

闫云霞
宁夏水利博物馆礼赞　二五三
沙坡头水利枢纽工程礼赞　二五三
固海扬水工程礼赞　二五四
西干渠抒怀　二五四

李葆国
黄河金岸歌　二五五

沈华维
己亥新秋登黄河楼　二五七
重游青铜峡黄河大峡谷　二五八
过青铜峡渠首『九渠分流处』　二五八
白林中
青铜峡水电站　二五九
古渠家园　二五九
李玉民
沁园春　宁夏灌网　二六〇
风入松　塞上江南　二六〇
浪淘沙　宁夏水利博物馆　二六一
临江仙　青铜峡水利枢纽工程　二六一
邓成龙
参观青铜峡闸口有感　二六二
观七星渠忆王树梢　二六二
左宏阁
赞引黄灌溉　二六三
古渠赞　二六三
修坝人赞　二六三
引黄灌溉颂　二六四
后记　二六五

一等奖

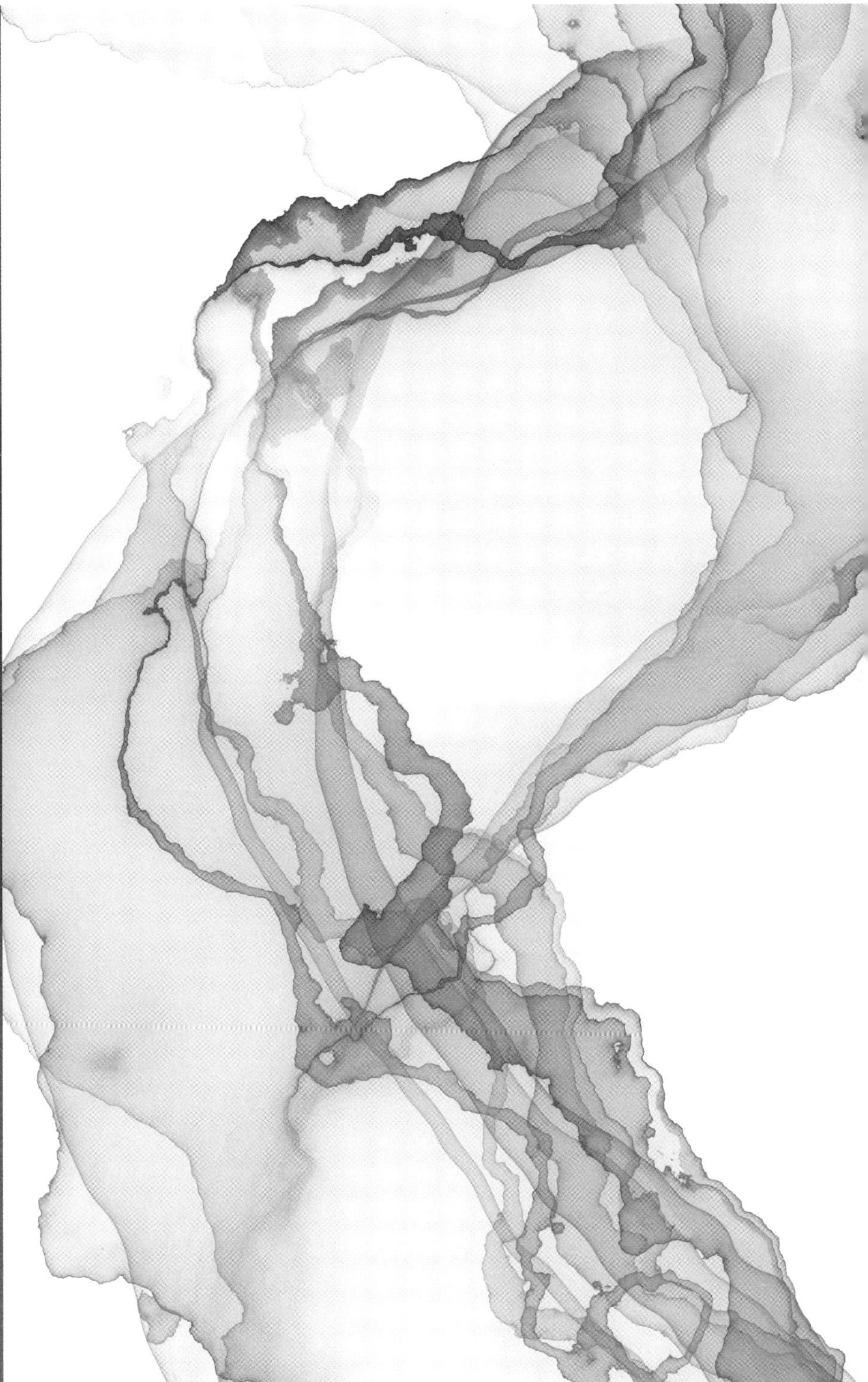

张金英　海南

水调歌头　塞上古渠礼赞

东临黄河水，西倚贺兰山。江南如画，绿风扶浪过银川。光浸明池摇荡，香逐清波飘散，塞上出良田。故事何其妙，一问越千年。　秦时钺，汉时斧，夏时关。古渠道道，谁把星子播平原？料想丝绸之路，相伴杏花春雨，梦到白云边。十四卷青史，无悔对尧天。

张金英，网名南国英子，笔名英子。原籍广东，现居海南海口。中华诗词学会教育培训中心高级研修班导师，海南省诗词学会副会长兼会刊《琼苑》执行主编，《中华诗词》《诗刊》特约评论员。

马翚 宁夏

满庭芳 参观宁夏水利博物馆

峰揽金波，堰堆飞雪，峡东新馆岿然。汉风唐韵，雕壁记渊源。远瞰黄河渺渺，奔腾去、遥接云天。华堂里，降龙治水，故事著流年。

绵延，寻禹迹，倾来琼液，润得桑田。渐芳树成林，草暗晴川。我自缘阶观览，漫回首、感叹风烟。频相问，倩谁神力，扬水绿千山。

马翚，山东郓城人。中华诗词学会会员，宁夏作家协会会员，宁夏诗词学会副秘书长，《夏风》诗刊编辑。

咏宁夏引黄古灌区

胡迎建　江西

平川沃野力耕锄，塞上江南誉不虚。终古丰饶能立国，至今灌溉仗开渠。

自强不息天行健，相助无嫌民乐居。应谢黄河伸北绕，牵来水网带风疏。

胡迎建，字建之，江西星子人。曾任江西省社科院赣鄱文化研究所所长，二级研究员，省文史研究馆馆员。著有诗集《帆影湖星集》《雁鸣集》《轻舟集》《莹鉴集》《观澜集》。

二等奖

崔永庆　宁夏

宁夏古灌区申遗成功

引黄秦汉到而今，灌网如织世所钦。有智滋淤瘠化沃，无虞旱涝总描春。
粮丰林茂江南景，葡紫杞红塞上珍。流韵古渠应不老，千秋万代济民心。

崔永庆，宁夏中卫人。中华诗词学会会员，宁夏作协会员，宁夏诗词学会顾问。著有诗集《绿野春秋》《秋悦平畴》《流苏集》《雪泥集》《蝉鸣集》。

马建勋　北京

汉延渠

黄河尽绾水云间，汉骑逶迤过戍关。未使干戈争勇武，曾开渠堑泛清潺。
拓荒北野耕边月，流韵南熏出朔湾。阡陌连茵丰稻菽，秋风起处簇斑斓。

马建勋，辽宁沈阳人。现任《中华辞赋》杂志编辑。

二等奖

丁玉芳　宁夏

念奴娇　引黄灌区感怀

大河万里，卷黄沙无数，奔腾东去。九省蜿蜒恩塞上，坦荡慈详怜顾。引灌屯田，古今不懈，宁夏平原富。纵横渠道，遍清波戏鸥鹭。

疑是错到江南，连湖阡陌，遍地香荷溆。唐汉惠民千百代，今更通源追溯。旧利新功，开花散叶，荒漠沾余露。扬黄西上，喜山乡水流注。

丁玉芳，陕西户县人。中华诗词学会会员，宁夏诗词学会副秘书长。作品散见于各种刊物并多次获奖。

陈修文 黑龙江

水调歌头 宁夏水利工程颂

遥望画图里，胜景是谁排，银波淡荡无际，万里净尘埃。更润稻香盈野，枸杞映红天地，碧宇鸟飞回。塞上江南美，欢乐骋心怀。浚大河，疏渠道，展奇才。伟哉宁夏儿女，将水手擒来。汩汩清流着意，旱涝千秋无虞，境界又新开。不老精神在，砥砺奋吾侪！

陈修文，内蒙古和林格尔人。中国作家协会会员，中华诗词学会常务理事，黑龙江省诗词协会主席。著有《红豆集》《顿首北方》《灯影集》。

韩景明　陕西

一剪梅　宁夏卫宁平原漫兴

晨雾初开百鸟欢，一片蓝天，一片芳园。古渠丰水润桑田，千里平原，千里奇观。

绿了荒坡富了滩，枸杞成团，稻谷成山。西瓜滴翠大而甜，不是江南，胜似江南。

韩景明，中华诗词学会散曲工委委员，《中华散曲》副主编，陕西省散曲学会驻会顾问。

三等奖

马骏英　陕西

鹧鸪天　宁夏引黄古灌区入选世界灌溉工程遗产名录

喜讯传来国沸腾，九渠渠首庆成功。千秋流淌黄金贵，五地泽福香稻盈。

亲水利，敬贤宗，习俗观念烙心中。比肩媲美都江堰，塞上明珠文化融。

马骏英，陕西长武人。中华诗词学会会员，《咸阳诗词》主编。曾任陕西老年诗词学会副会长，咸阳市老年书画诗词研究会常务副会长兼秘书长。著有《闲情集》《散曲新作选》等。

许东君　宁夏

吟七星渠闸口

天公慧眼瞰泉山，竞把七星落世间。秦汉开渠兴武帝，明清改道仗群贤。

稼别干旱千年润，坝引潮头十里绵。回望雄姿辉碧落，调闸控水更无前。

许东君，宁夏平罗人。中华诗词学会会员，宁夏诗词学会常务理事，宁夏作家协会会员，平罗县诗词学会会长。

曾小云　江西

题塞上古渠

塞上江南自古传，端因禹后有能贤。斗门巧技郭公设，丁坝恩波苏子填。
截取一天唐汉水，灌成千里米粮川。踏春且载葡萄酒，醉看莺飞柳拂烟。

曾小云，江西瑞金人。曾参与中宣部等单位主办的重大对联、诗词项目创作任务。

杨发余　江苏

题宁夏引黄古灌溉区

天际谁人倾巨壶，漫将彩梦岸边铺。皴开塞上黄河韵，泼作江南碧野图。
脉脉秦渠新月朗，绵绵乳汁嫩苗苏。稻香时节酒初熟，醉卧平畴不必扶。

杨发余，江苏金湖诗词协会会长，中国楹联学会会员。作品曾多次获奖。

李刚军　宁夏

夏日唐渠

唐徕汩汩诉衷情，玉带盈盈绕凤城。两岸浓阴消夏去，欢心劲舞踏歌声。

李刚军，陕西泾阳人。曾长期在宁夏水利部门工作。作品见于《宁夏日报》，《宁夏水利》等多家报刊及网络平台。

于秀萍　宁夏

水调歌头　星渠柳翠

岸依千翠柳，渠绕两青山。分黄浇灌，鱼肥牛壮燕莺欢！夏季游人如织，老幼踏青嬉浪，惬意赛神仙。五月飞梅雨，滴翠色更妍。檀郎勇，花姑俊，石堤宽。抚今溯古，多少英杰梦萦牵。血汗凝成璀璨，麦稻丰生茂盛，接踵数千年。枸杞果瓜硕，沙海化桑田。

于秀萍，宁夏中宁人。中华诗词学会会员，宁夏诗词学会会员，中宁作家协会会员。

潘万虎　宁夏

鹧鸪天　青铜峡水利枢纽古渠口

高峡平湖炫坝宏，湍流浩渺荡欢声。金涛会意奔天北，银浪传情驰地东。
滋果硕，济禾丰。而今塞上唱繁雄。俊贤榜笔挥神彩，绝绣山河世代兴。

潘万虎，宁夏中卫人。诗词作品散见于《诗刊》《朔方》等刊物，并被《宁夏新十景诗词集》《必由之路》等多种诗集收录。

优秀奖

邓万 宁夏

黄河情怀

穿峡越岭气何舒，两岸风光胜玉姝。蘸尽滔滔东逝水，绘出今日上河图。

邓万，宁夏永宁人。中华诗词学会会员，宁夏诗词学会原会长、顾问。出版诗集《履痕韵语》《塞上情韵》等。

代丽娜　北京

宁夏古渠

直引黄河水，浚疏秦汉渠。天流来汩汩，荒漠自如如。
网织饶时稼，田腴润野蔬。江南移塞上，择卜有仙居。

代丽娜，中华诗词学会理事，河南诗词学会常务理事，中华辞赋编辑部副主任。
获华夏杯第三届金奖。

黄远飞　海南

题青铜峡

峡引黄河天上来，九龙吞吐活源开。春波还泛秦时月，渠畔犹香唐代槐。

漫润甘泉畦稻绿，细滋涓滴垄蔬偎。今朝更藉明珠耀，广野铺笺好梦裁。

黄远飞，海南海口市诗词楹联学会副会长。

陈凤兰 宁夏

鹧鸪天 古渠新吟

旖旎山川甚朗明，新来白鹭绕边城。千年渡口风光好，百载长渠物态清

谁延祉，孰穷经？何人筑造任纵横？潺湲流水须行缓，与我金樽共一倾。

陈凤兰，甘肃镇原人。网名空谷幽兰，退休教师。

优秀奖

高凤林　陕西

水脉宁夏川

历史悠长蕴藉多，物博域小益黄河。秦皇一统屯田广，汉武两巡灌网罗。
登典灵州擂战鼓，羁縻西北缓兵戈。朔风吹雪烽烟静，夏地安宁塞上歌。

高凤林，河北邯郸人。中国电力作家协会会员，陕西省作家协会会员。

张孝华　宁夏

宁夏水利赞歌

长河天外落，啸傲卷黄沙。浊浪嘶成电，清波育作花。
垦荒收杞果，围堰养鱼虾。塞上江南地，春风绿万家。

张孝华，河南省固始县人。宁夏诗词学会会员，银川市黄河诗会会员。

牛海涛　宁夏

唐徕渠夜逢水利人

泠泠声向何方去，漠漠云归山上暝。浊水流愁无处觅，寸心涵月有时清。

疏风入柳难寻迹，稻影藏蛙不住鸣。鬓雪徒侵钢铁志，犹思白首大功成。

牛海涛，黑龙江哈尔滨人。毕业于北方民族大学古代文学专业，硕士研究生，现从教。

蒋晓辉　广东

过引黄灌区思郭守敬

元时守敬受银符，引水开渠御万夫。截取黄河除旱魃，修来闸堰赚平湖。
家门数过功通惠，历法多研利大都。塞上江南抬望眼，春风丽日绘蓝图。

蒋晓辉，原籍湖南，现居广东。广东诗词学会会员，中山诗词楹联学会理事。

杜枚 宁夏

七星渠

北斗天移下碧虚，人间始有列星渠。江河吐纳成龙象，脉络通融自转徐。

杜枚，宁夏固原人。中华诗词学会，宁夏诗词学会，固原市作家协会会员。

李光前 湖南

题唐徕渠

十四渠中首，千秋塞上横。潺潺流汉韵，汩汩济苍生。

育彼梗楠出，滋其稻麦荣。波摇如目闪，顾盼总含情。

李光前，湖南浏阳人。中华诗词学会，中国楹联学会，中华辞赋学会会员，浏阳市诗词学会副会长。著有《学堂寓人集》。

华芳 陕西

览胜塞上古渠

天光云影照流河，一脉清风向客多。织网埽工盈灌溉，引黄渠坝足消磨。

泽被塞上柳开眼，景比江南春载波。最是铁牛闲适卧，把头昂起似吟歌。

华芳，系陕西省诗词学会诗教部副主任，北京西山诗社刊物副主编，白雀奖评委、编辑。

张新喜　宁夏

致七星渠管理段职工

一

偏居渠畔四无邻，顾影清零三两人。闸口归来天色晚，庭花畦菜最相亲。

二

日出巡堤夜值更，经年辛苦负平生。梦中几度时惊起，凝听风声杂雨声。

三

春耕乍过夏耘连，早稻扬花到眼前。谁解农渠人苦乐，林梢星月最相怜。

张新喜，笔名寒江竹，宁夏石嘴山人。中华诗词学会，宁夏诗词学会，宁夏作家协会会员。

蒙朝文　贵州

塞上古渠

凿渠引水禹王才，滚滚黄河天上来。涝旱无虞欣枕梦，笙箫遣兴待樽开。

山光云色俱佳矣，柳绿梅红亦妙哉。十四苍龙谁赋咏，风流得句我登台。

蒙朝文，中华诗词学会，贵州省诗词学会会员，六盘水市诗词楹联学会理事，盘州市诗词楹联学会理事兼会刊《云霞诗词》执行主编。

黄正元　宁夏

固海扬水工程

飞流直上入荒原，僻壤穷乡展笑颜。百万忧民欣得水，三川渴土润霖甘。

银龙骋渡村村竞，玉露牵家户户欢。喊叫水成天府地，李冰神禹亦惊瞻。

黄正元，宁夏银川人。曾任中华诗词学会理事，全球汉诗总会常务理事兼宁夏联络处主任，宁夏诗词学会副会长兼秘书长。现宁夏诗词学会顾问。著有诗文集《七彩年轮》。

于卫东 宁夏

国香 古渠新貌

历代前贤，引黄河水溉，绿染荒滩。筑渠大堤生柳，润地潺潺。鸟瞰平原阡陌，七十二湖水相连。田园自流灌，旱涝无忧，人俱欢颜。一川连朔漠，九渠滋沃野。屏贺兰山，防风林密，田垄玉米绵绵。晾晒彤红枸杞。望无垠，麦浪轮翻。鸥翔苇丛碧，稻壮鱼肥，塞外江南。

于卫东，山东沂水人。中华诗词学会，宁夏诗词学会会员，宁夏毛泽东诗词研究会副会长。

谢丹 广东

水调歌头　过青铜峡水利枢纽

漭漭大河浪，塞上古渠过。黄流滚滚东逝，到此一吟哦。谁把铜琶铁板，谱入蒹葭杨柳，高峡定风波。千里贺兰雪，认得几婆娑。禹王鼎，愚公志，未消磨。归来宁夏听取，二万舜尧歌。最爱鱼肥稻熟，好约鸥朋鹭侣，对酒且呵呵。百塔斜阳外，共我醉颜酡。

谢丹，广东人。广东中山诗社，中山诗词楹联学会会员。

祁飞龙　宁夏

宁夏古渠

黄河涌乳滋天下，塞上江南四季宜。沃土稻花香彻宇，美渠闸口势开犁。
唐徕灌溉桑田碧，水利丰泽草木萋。宁夏人文今古颂，千秋万代绿洲奇。

祁飞龙，宁夏彭阳人。宁夏作家协会，宁夏诗词学会会员。

汪业盛　湖北

唐徕渠

渠水遥来向莽荒，渐开良亩稻花香。玉桥伫立回眸处，一眼千秋笑盛唐。

汪业盛，中国作家协会会员，中华诗词学会会员，原呼伦贝尔市诗词协会副主席。现任荆州市诗词楹联学会副会长。

邹　鹏　宁夏

唐徕渠情韵

唐渠浓墨写湖城，妙笔丹青水韵生。网径绿荫闻鸟语，画桥细浪望舟行。
平湖楼影霞光照，杨柳花丛瑞气盈。源远流长传晟典，金波更叙古时情。

邹鹏，甘肃静宁人。中国《新国风》诗会会员，宁夏老年大学诗词学会理事。

钱守桐　宁夏

渠魂国史

黄河九曲醉东流，屯垦开渠历代修。秦汉功名留史册，初心圣水化春秋。

钱守桐，中华诗词学会，宁夏诗词学会，宁夏作家协会会员。著有诗集《警察之歌》《时光的侧面》《红寺堡》。

郭凤林　河北

水调歌头

灌区怀古

谁驻大河岸，引水造良田？彼时炎汉初盛，屯垦戍边关。此后那轮娇月，媚在丰收季节，诗酒共婵娟。为使郁香久，魂筑贺兰山。一园梦，十万顷，两千年。纵观世界，除却宁夏尚无前。欣赏农耕之最，感叹文明之美，奇迹动人寰。莫忘兴邦史，民以食为天。

郭凤林，河北唐山人。中华诗词学会会员，河北省诗词协会理事，唐山市诗词学会常务副会长，《唐山诗刊》主编。

天唐 宁夏

浪淘沙 七星渠

塞北盼年丰，远客频逢，七星渠里水花重。梦引缰绳牵白马，隐寺香浓。

清浊逐洪峰，闭合从容，历来疏浚去汹汹。泽润米粮观两岸，绿浪横纵。

天唐，宁夏海原人。中国少数民族作家学会会员，中华诗词学会会员，宁夏作家协会会员，宁夏诗词学会副秘书长。著有诗词文集《雪赢乾坤》。

祁国平　宁夏

宁夏水利博物馆

身临宁夏不平凡，纵有千年故事传。引水蒙恬排第一，安河大禹定于前。
风吹塞上家家旺，雨落萧关户户甜。数部史书留在我，子孙后代记心间。

祁国平，宁夏彭阳人。中华诗词学会，宁夏作家协会会员，宁夏诗词学会副秘书长。

魏珣丽　宁夏

民为邦本

天赐长河佑朔方，先贤睿智辟苍黄。
因循利导浇田亩，秋日欢歌乐未央。

魏珣丽，宁夏作家协会会员，宁夏诗词学会会员。诗词作品见于《朔方》《黄河文学》等刊物。

杨越 宁夏

咏古渠

万里黄河翻浊浪，千年龙脉沃平原。将军驻境垦荒野，水监治河书谏言。
前辈历经风露苦，灵渠滋润芰荷繁。斧开塞上江南秀，今日时闻鸟语喧。

杨越，宁夏银川人。现就读于四川师范大学。

入选作品

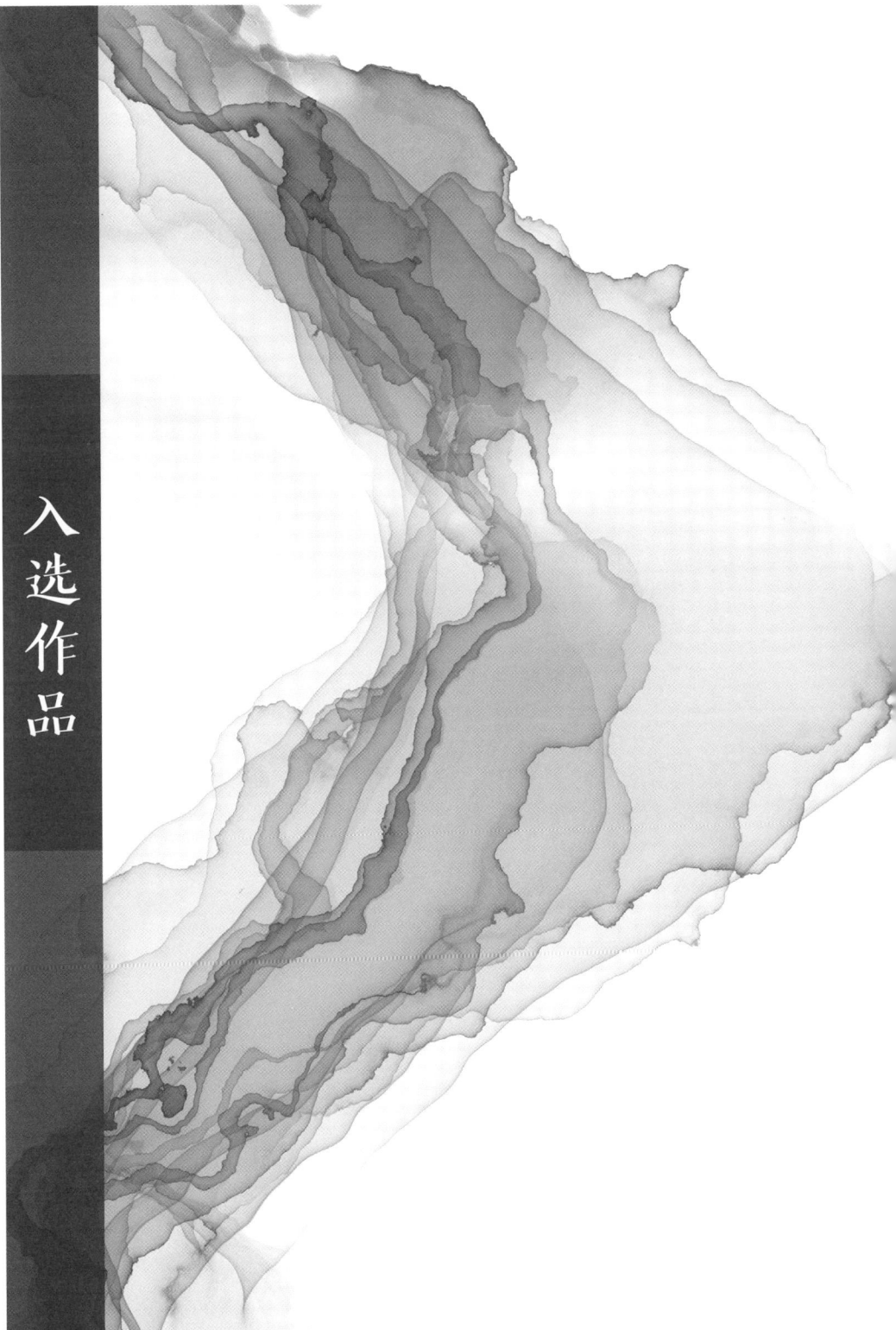

丁玉芳　宁夏

贺宁夏引黄古灌区申报世界灌溉工程遗产成功

引黄灌溉有佳名，水脉渊长古汉风。十四渠饶边塞上，万千稻誉凤凰城。
世遗摘冠当无愧，积厚开来贵久恒。喜看平畴如网络，山川隽秀绿几重。

念奴娇　引黄灌区采风怀感

大河万里，卷黄沙无数，奔腾东去。九省蜿蜒恩塞上，坦荡慈详怜顾。引灌屯田，古今不懈，宁夏平原富。纵横渠道，遍清波戏鸥鹭。　　疑是错到江南，连湖阡陌，遍地香荷溆。唐汉惠民千百代，今更通源追溯。旧利新功，开花散叶，荒漠沾余露。扬黄西上，喜山乡水流注。

丁运时　湖北

咏塞上古渠

天下黄河几道湾，渠通宁夏暮云闲。功成百代开新梦，惠济千秋忆旧颜。
秦汉屯田风烈烈，江南出塞水潺潺。矫龙十四奔泉涌，丝路绿洲大地间。

满江红　塞上古渠颂

浩荡波涛，黄河远，水随天去。狂沙骤，形云出塞，萧索几许。赖有古渠开灌溉，乃于宁夏通丝路。绿洲春，喜塞上江南，经行处。　渠十四，从头数。惊首尾，如龙顾。保家园旱涝，廪仓盈谷。秦汉垦屯充米库，古今泽惠淋甘露。匠心长，颂水利天工，千秋赋！

塞上古渠

卜用可　江苏

九曲黄河涛浪扬，宏滋塞上土泥香。古渠道道串珠玉，厚泽浓浓沃稻粮。
福祉开来追往迹，沧桑思到动柔肠。掬波容我调浓墨，大写千年治水章。

古渠青春

于卫东　宁夏

唐徕湍急穿南北，越镇过城渠拜悬。鹤白顶涂红塞上，水黄轻点翠银川。
地无污秽鱼虾美，风有清新果菜鲜。一串明珠湖泊淼，涟漪浸泽润膏田。

于秀萍　宁夏

最高楼　引黄灌区

渠首出，万朵浪花翻，润一马平川。水黄黄地粼波涌，柳青青地钓渠边。自流浇，千万亩，水潺潺。溢油绿，稻花香两岸。晒床赤，杞园红烂漫。遍湖泊，盛荷莲。禾苗壮几蛙鸣处，鱼虾肥万顷良田。引黄河，滋塞上，翠新颜。

唐徕古渠

玉带拖蓝迤逦行，穿乡过市壮农耕。绕堤垂柳斜阳古，满垅青禾细浪轻。几代劬劳兴水利，千秋富足泽民生。平添七十二湖梦，塞上明珠耀凤城。

于春水　山东

沁园春　塞上古渠

汉设秦施，引黄河水，灌宁夏川。瞰稻田腾浪，果园竞彩；苇塘飞鹭，湖柳摇船。枸杞鲜红，葡萄绛紫，麦浪无垠丰贺兰。膏腴地，喜工商荟萃，农牧争冠。

豪情直上云天，阅文史几多魂梦牵。令筑堤建坝，军民百万；开荒拓土，垄亩三千。两岸旌旗，四方鼙鼓，数历代干渠润万园。古风劲，让英才接力，快马加鞭。

游宁夏

江南岂止在苏杭，纵马长河赴朔方。汉将屯田耕沃野，唐渠抗旱绿山冈。

飞槽织就橙龙瀑，陡口铺成碧草塘。鱼跃苇丛雕鹳起，白堤垂柳映波光。

艾山渠

马建勋　北京

活水清源引艾山，钟灵风物润韶颜。江南旖旎寻常见，塞上婆娑次第还。

北魏遗承知岁久，刁雍开凿忆时艰。渠波未绝沧桑咏，夜伴蛙声入梦潺。

唐徕渠

良田沃野茂青葱，渠水流歌咏郭公。借得春风催柳绿，携来枸酒焕颜红。

复疏乃见仁心举，引灌方兴庶众丰。谁誉江南移塞上，尽迷宁夏景冲融。

陕西 马骏英

沙坡头水利枢纽

青铜峡领两千秋，扩展加盟今更优。汹涌涛声虎添翼，壮粗流量早消愁。
沙逼人退成青史，人进沙服冒绿洲。天下黄河富宁夏，润泽生态保丰收。

沁园春　宁夏引黄古灌区

塞上江南，天下粮仓，百姓自豪。溯黄河文化，农耕文化，移民文化，璀璨彰昭。汇聚民族，汉回蒙满，乐业安居因水骄。丰收季，获肥鱼稻麦，枸杞葡萄。　何来锦绣妖娆，仰秦汉隋唐西夏朝。叹匠工设计，认知精准，科学掌控，千载人褒。今见青铜、沙坡枢纽，媲美都江堰比高。全球靓，喜明珠耀眼，悠久时髦。

宁夏　马　翚

塞上古渠

灵渠横古郡，浊浪接遥天。
阔润沙原绿，凉沉塞月圆。
守成劳后辈，受惠忆先贤。
安得分龙脉，交流及四边。

满庭芳　瞻大禹雕像

远岫凝烟，青云衔日，禹王气吐青虹。黄河在眼，足下卧蛟龙。端在紫云深处，望中是、仙袂遗踪。依稀见，手援神耜，初定九州同。征鸿，

马福民　云南

从别后，孤窗月冷，风去台空。想望夫山前，点点啼红。换得一川淑景，水流处，花影青葱。凝眸久，此时情绪，都在浪声中。

咏古渠

一十四条渠水悠，引黄灌溉润田畴。嫣红姹紫花潮涌，塞上江南春意浮。

古渠颂

引黄名四海，灌溉古渠彰。枸杞红田野，贡梨挂树芳。
水车牵美梦，鸟语咏花香。碧水丰收景，朔方尽画廊。

马璐璐 宁夏

一丛花　游唐徕渠

一甲子绚烂辉煌，驰橹向中央。同书伟业中国梦，冀千秋、史册飘香。风雨萧萧，征程万里，壮志付庙堂。

七十年盛运荣昌，策马渡西疆。大河浪寄为民愿，鼓云帆、行健自强。天地匆匆，人生俯仰，击水谱华章。

王力 河南

定风波　咏宁夏引黄古灌溉区

奔啸黄河出远天，引开渠水灌良田。石闸如虹横作架，堤下，繁花织锦柳如烟。

塞上江南为此地，犹喜，青禾得水碧波翻。边地今成新沃土，欢舞，壤歌长颂太平年。

定风波 塞上古渠颂

王天明 河北

望里纵横十四渠，开枝散叶大河图。汉韵唐风携浪远，飞溅，舞姿曼妙向云舒。
万亩良田春播梦，耕种，水光潋滟映犁锄。塞上江南千载画，宁夏，劝君来赏莫踟蹰。

咏汉渠

王文龙 浙江

千里荒原凿汉渠，春风浩荡赐宜居。人行塞上桃花落，烟雨江南觉不如。

王冬 安徽

咏宁夏

银川草木百年秋，秦汉沟渠万古流。圣帝兵戈沉大漠，边民汗血化良丘。
荒原已向春风绿，碧水还随天际收。莫道江南千里远，而今塞上正堪游。

鹧鸪天 秦渠

禹劈龙门德不孤，谁于塞上建功殊。分来甘乳千畴去，滋得欢颜百代舒。
鱼影聚，谷香浮，民安业旺入诗图。阿房宫伟今何在，万古高天仰此渠。

王永华　宁夏

仲夏夜唐徕渠畔遇故人

脉脉唐徕畔，温温夏夜初。氤氲迷雾薄，馥郁枣花疏。
灿灿开颜笑，惺惺挽臂趋。香飘今昼短，能饮一杯无。

唐徕夏日

轻盈燕子舞翩翩，翠绿长髫拂石栏。塞纳河清流法国，唐徕水润过银川。
骑车梭进喜春日，戴镜鱼游乐夏天。最爱夕阳临晚照，金波岸上是人欢。

王贞饶　贵州

宁夏世界级引灌工程礼赞

塞上江南耐仰钦，引黄浇灌古今勤。
工程一线如勘检，宁夏修渠与日新！

王孝友　宁夏

古渠

黄河泛滥漫平沟，亘古荒芜粒未收。
白马拉缰天绘测，红蛛布网地织流。
春游塞北花遮树，梦荡江南叶掩舟。
治水宏德泽万顷，疏渠正道济千秋。

王怀君　宁夏

行香子　黄河金岸

烟雨从容。绿意盈瞳。稻花香、碧水淙淙。滟波轻动，玉叶淳浓。看花红，赏树绿，阅晴空。

塞上歌慵。新月朦胧。看高楼，耸立苍穹。万民和乐，风雨心同。远山青，近山翠，秀山雄。

采莲令　黄河楼

绿荫浓，云淡镶天幕。南归雁、驻足留步。大河浩荡沐春风，峭峭云霄竖。连天宇、飞檐斗拱，丹华溢彩，几多祥瑞飞度。

一水流芳，稻海卷起千重浪。民安乐、惠风和畅。汉回同愿，共戮力、日日新模样。喜今日、钟灵毓秀，民殷国富，盛世万千禛象。

过唐渠有思

王虎强 宁夏

塞边何以谓江南，此事须从古往谈。十四条渠大河引，两千载史众民探。
黄沙变作田园沃，红杞连成玛瑙簪。但看唐徕浇灌处，银川幸福似摇篮。

题红寺堡扬水工程

王国军 宁夏

渠位大抬高，扬黄渡水漕。扶贫开范例，荒漠架金桥。

禹甸水魂

王学君　黑龙江

大禹精铜贯塞雍，蒙恬戍垦媲秦中。激河浚渫清淤滞，草土埽工抵要冲。
裁剪分流天地气，归依放纵鬼神功。春风一水膏宁夏，明月千山润可峰。

秦渠春韵

王　珂　宁夏

春风和悦赏新景，细雨微澜愁自移。一树红云吟燕语，半枝绿萼踏青鹂。
凡尘俗务心憔悴，翠意芬香可慰颐。山水有情花有态，芳丛荫翳醉茶饴。

塞上古渠

王海清　吉林

天赐大河水脉承，苍龙绕郭育文明。
屯垦开渠风云动，丝绸漫卷朝野惊。
拓跋雄图独魅力，塞上江南竞繁荣。
千载铿锵峥嵘地，钟磬声声喜太平。

赞宁夏引黄灌溉工程

王商杰　浙江

千载灵渠心上歌，灌浇垄亩引黄河。
助耕好水滋金穗，圆梦惠风漫绿萝。
岁厚春秋成共胜，人谐天地总相和。
驯流载德凭之美，塞上江南福祉多。

咏塞上古渠

王淑兰　宁夏

一

大坝开通惠两岸，清风翠柳莺啼序。敢夸文史对天歌，利厚欣民漫山野。

二

稻泽渔歌芳草茂，长渠流润自青铜。百川感念沃千里，一碧源头不朽功。

咏塞上古渠

王淑鸿　河北

巧引黄河作水源，润泽塞上若江南。古渠流淌千年史，孕育文明代代传。

王超群　湖南

咏塞上古渠

云鞭远触大风歌，势引蓝天宴泰波。十四条丝编锦带，三千里路接黄河。

霞飞灌口渠心赤，蝶报春花塞上多。侧耳翻惊龙破壁，粼光又在刻嵯峨。

宁夏引黄古灌区变迁感赋

天酿黄河酒一瓶，闻香点亮四周星。花沿灌口寻归鹤，月醉桥湾洗玉屏。

石鼓横江仙子乐，韶音悦耳少年停。胸襟到海宽浮日，趁取东风万里青。

王福祥　宁夏

唐渠烟柳

古渠夹岸柳森森，百里蜿蜒景色新。春日鹅黄裁细叶，夏时翠绿布清荫。

长条帘幕遮明水，高杪烟岚接庆云。曲径通幽闲信步，心怡气爽长精神。

西桥柳色

岸柳葱葱眉叶齐，大桥横亘枕长堤。渠通活水潋潋淌，鹊踏高枝恰恰啼。

荫下翁婆曼歌舞，林间情侣紧偎依。于今送往寻常事，无复攀条赠别离。

青铜峡水利枢纽礼赞

王瑾　河北

青铜峡上大钢琴，截断奔流截断云。明月清风齐点赞，弹出时代最强音。

宁夏塞上古渠品味

王霄瀚　河北

大业千秋是引黄，改天换地大文章。请君试问滔滔水，汗水与之谁短长？

西江月　渠灌古今

天唐　宁夏

信步千年河畔，犹闻万里涛声。过关岁月浪花平，谁慕黄河两岸。

垂柳扶风荡漾，国槐翘首相迎。长渠交错水龙行，闸口分流浩瀚。

牛俊人　上海

清平乐　大禹文化园随想

滔天洪水，怎与中华比。峡谷悠长思虑起，不入家门数你。　准绳丈量山川，持规行走河边。高凿低疏布局，稻香更念先贤。

游宁夏引黄古灌区

建设宁中气若虹，笑看水利最称雄。浚通何止千人力，浇灌真成万世功。
白鹭忘机荷叶雨，青蛙得意稻花风。行来只觉桃源是，处处尧歌乐岁丰。

河西总干渠观水

牛海涛 宁夏

昨朝才上贺兰山，今日又临渠首边。猛浪自从高处落，黄云常与野风寒。

扬黄工程颂

洪波一道穿峡谷，叠嶂千重见斧痕。巨笔描图参造化，风雷借力转乾坤。

德泽塞上山川震，水润荒滩气象新。已喜坡头羊似雪，更惊岭上稼如云。

喝火令 咏宁夏秦渠

毛瑞花 河南

九曲黄河意，都从远古流。问谁开拓这春秋。秦月一轮曾照，渠水入田畤。塞上沧烟了，江南淡墨留。旱来无虑自绸缪。梦也斯渠，梦也水悠悠，梦也万家同济，岁岁把人酬。

方杏林　湖南

宁夏引黄古灌溉区成功申报世界灌溉工程遗产有感二首

一

灌渠十四响龙吟，塞上江南震古今。喜看申遗光史册，先民智勇更堪钦。

二

千年丝路响铊铃，塞上江南有盛名。欣看秦渠连汉堰，今朝再度得殊荣

邓万 宁夏

扬黄灌溉

天河降琼液，大漠换新容。自古风沙虐，而今草木荣。
群楼来意切，众岭去心同。塞上何辉耀，人神架彩虹。

望江南

长河远，天上到人间。越岭穿峡奔万里，情深最惠卫宁川。能不似江南？
黄金岸，示爱大无边。一串珠玑镶灿烂，良田万顷抹青烟。百媚赖源泉。

塞上行

邓威　山东

驱车寻古道，倚仗觅流泉。倦鸟歇秦路，耕牛卧暮田。
长河摇树影，冷月照花眠。塞上江南客，逍遥不记年。

古渠新咏

左启顺　江西

畅渠流玉越千年，水润芳菲一片天。塞上春风今又度，长河明月万家圆。

颂水利

石生选　宁夏

塞上江南鱼米乡，田野阡陌渠成网。回乡大地创业忙，黄河金岸后劲强。

发展经济水优先，牢记使命再起航。美丽宁夏绘新图，水利行业勇担当。

浣溪沙 与朋闲游黄河大峡谷景区

石佳峰 湖南

北国平川沟壁舒，青铜峡谷见功渠，雄浑巨响是谁呼。
瀑挂翠屏称秀色，霞铺绿水树明珠，满河故事入诗书。

青铜峡览胜

卢宗先 江苏

牛首贺兰相对开，黄波滚滚激飑雷。元渠清影流悠古，汉坝高标伴紫台
遥指川原笼锦绣，畅游库岸乐徘徊。青铜潴水奇功在，共与离堆勒禹台。

卢象贤　江西

望海潮　塞上江南

朔方雄镇，灵州沃野，千年底蕴传扬。汉逐狄胡，秦开郡县，移民屯垦兴疆。从此称神乡。地实天下纽，几度图强。人物殷繁，继迁资此起辉煌。

黄河浩荡遐方。幸青铜壁立，英杰轩昂。沙碛效灵，川原献宝，江南甘让风光。宁夏满香粱。指点唐徕坝，绿水流浆。游客行歌，蒹葭摇曳鹭飞翔。

秦渠

凿破青铜放入河，从兹幸福此川多。井田饱起长城堞，原野摇高小满禾。

塞上江南垂万代，人间遗产止千戈。风云过后龙孙我，来看清波浴白鹅。

游宁夏引黄古灌区感赋

叶兆辉　重庆

迎来盛世振鸿蒙，国富民强奔大同。天赐水渠流塞上，地连丝路绕云中。

沧波万里腾豪气，沃土千年蕴俊雄。霑溉田园呈秀丽，申遗却喜已成功。

怀通智

叶红军　宁夏

惠昌善水润肥田，受益乡亲思古贤。背土劳民非本意，埋石除害乃清官。

双龙护佑平畴扩，五谷增收人口迁。即使遭污身已死，功昭日月耀青天。

叶进　湖北

满江红　水工志

冲出青铜，千年里、流金不绝。今俯看、九龙腾跃，一川蓬勃。阡陌互连人气旺，沟渠罗布平畴阔。赛江南、多少代英雄，倾精血。

凿秦汉，心迫切。开惠干，情凝结。更长河筑坝，古难超越。三过家门歌禹德，毕生奉献思尧杰。新时代、志寄水工强，兴邦阙。

咏宁夏水文化

引黄屯垦古渠开，西汉农耕傲世回。欲问清流何处去？江南活水九方来。

田永胜 宁夏

咏塞上古渠

毛农斗干引溪田，秦汉唐清粮米川。千载古渠滋塞北，黄河金岸比江南。

田凯 宁夏

水利工人

川流渠网居塞上，水利工人担大梁。不畏艰辛多困苦，一生心血聚汪洋。

水利灌溉

黄河之水滔天涌，母亲恩泽两岸边。九曲回环荫塞上，稻花香里笑丰年。

白重生　宁夏

青铜峡

巍巍峡口锁黄龙，阵阵涛声响碧空。大禹登堤挥巨笔，雄峰凝字刻青铜。

渠水春秋

塞上江南美誉传，引黄灌溉越千年。沟渠锦绣织银网，波浪飞虹荡紫烟。

但见楼房坡上起，忽闻隧道水中穿。湖城钓影难捞月，翰墨题诗正赋篇。

唐徕渠

丛培有　宁夏

一

悠游不语待澄清，继以黄河一脉承。吐哺郊原添绿色，千年塞上济苍生。

二

接续长河一动脉，千年默默要呈明。膏泽沃野禾苗壮，丰润荒堤岸柳青。

塞上古渠礼赞

冯国喜　湖南

引黄渠道水潺潺，沃野莺飞织翠岚。几笛春风千古意，丹青画出是江南。

兰政文　四川

吉铁兵　辽宁

鹧鸪天　古灌区感题

千道渠分万里涛，灌区无处不流膏。鱼偕蛙乐莲间戏，稻共菱香月下飘。
金枸杞，玉葡萄，春波秋水结晶娇。等闲识得黄河味，谁计中含几代劳。

题唐徕渠

渠波千古落明霞，淌过银川润万家。汩汩流经春复夏，滴滴滋向果和瓜。
池中锦鲤逐莲影，畦上蝴蝶戏菜花。最是村翁堤畔坐，稻香十里喜听蛙。

成文君 广东

卜算子 唐徕渠

秦汉古渠开，引入黄河水。洗去咸盐成绿畴，塞外风光美。
改造创高优，取直清流汇。生态银川日日新，一派江南地。

朱周明 浙江

水利宁夏

塞北江南仗巨流，添花妙手著春秋。亲河两岸同舟渡，十四通渠竞上游。

塞上古渠之歌

朱建设　宁夏

大地如琴渠似弦，黄河演奏数千年。诸君若问何方曲，塞上江南宁夏川。

古渠新貌

朔方自古有名渠，秦汉唐徕枕地舆。万亩善田凭灌溉，千年福壤喜耕锄。
穿城湖海留鸥鸟，照水杨枝戏鲤鱼。畎浍纵横铺锦绣，江南虽好总无如。

惠农渠

任登全　宁夏

铁牛耕落满天星，查汉荒原景色葱。春梦悠悠杨柳岸，夜阑遥望万家灯。

白马拉缰话唐徕

——观平罗唐徕公园白马拉缰雕塑有感

唐徕古道壮平川，白马拉缰拓塞原。天府名都林树暗，灌区田野稻花鲜。
云蒸霞蔚松幽静，日耀星明鹤自安。岸柳千绦歌盛世，宏图泼墨梦香圆。

古渠颂

千年秦汉百年唐，古灌申遗闪霞光。百鸟翔集山水翠，群雨戏舞稻花香。
渠堤杨柳迎风醉，湖畔蒹葭又换装。难忘故人凿水道，葡萄美酒奉君尝。

刘一萌　宁夏

刘文华　河南

古灌区情怀

塞上江南古灌区，巧夺天工大写意。
修坝建闸铸魂魄，引黄疏浚见情义。
秦汉渠畔树临风，犹见先民躬身低。
薪火接棒棒棒旺，水流高处处处奇。

古灌区即景

经天纬地渠成群，翩若惊鸿遏行云。
鱼翔浅底瓜果鲜，鸟飞长空草木新。
静水流深千古情，沧笙踏歌黄河魂。
何须出世觅桃源，塞上风情已醉人。

刘立平　宁夏

青铜峡黄河大峡谷

一斧劈开塞北天，秦风汉雨落平川。长河古道千年绿，高坝截流万顷涎。
南北通桥边柳舞，东西分水朔鸿牵。禹王脚下滨河阔，金岸生辉大梦圆。

水调歌头　题唐徕渠平罗段

天下同一脉，飞峡泽九州。一水花飘香岸，越过钟鼓楼。携取兰山云雨，淘净平川尘土。龟蛇竞休休。金岸筑高浪，大道水德修。　驱白马，纵兰岳，莫回头。三百里长提下，百姓乐无忧。固旧图新换貌，万亩良田得绿，玉阁耀千秋。生是黄河水，死亦向东流！

辽宁　刘立国

古渠吟

汩汩清流萦塞上，黄河献瑞润江南。古渠引领泽丰地，水脉传承惠锦天。
几度沧桑终未断，一朝盛象正相连。辉煌成就千秋业，谷稼殷积绮梦圆。

鹧鸪天　古渠吟

塞上江南美誉扬，黄河荡漾润乡邦。古渠记取峥嵘岁，水脉传承锦绣章。
昭伟烈，铸辉煌。绝无仅有世无双。平畴沃土清泉润，谷稼殷积乐未央。

刘妙仙 广东

塞上古渠

黄河渠堑水如烟，排灌相宜泽碧川。日映波光洇远岫，风翻稻浪接长天。
清源共许愚公志，重责融于智者肩。塞上江南陈大象，古今积愫话当年。

念奴娇 塞上古渠

安宁水脉，集黄河亮迹，如龙横亘。十四明渠延万里，沃野岚汀交映。滩碛流银，田园涌翠，引灌烟波净。不生旱涝，问谁同拓佳境。
但记薪火相传，筑堤固泽，屡与天公竞。旰食宵衣无懈怠，戮力摩肩扛鼎。塞上江南，盈仓谷满，屡见清嘉定。物华天宝，犹思贤哲身影。

刘明辉　宁夏

青铜峡大坝怀古

石城铁闸断奔流，坝锁黄龙竖傲头。半落涡轮生劲电，两分汉道入长沟。
艾山接口唐徕借，秦汉联盟叶盛收。今把前渠重织网，勤田防汛万年谋。

读《魏书·刁雍传》

将出西陲戍北朝，富平疲弊旷田焦。汉延久废新通水，河运初开大减徭。
米足仓城刁作姓，民安边镇史为标。名成不仗千军骨，誉远全凭德政韶。

塞上古渠

刘树靖　新疆

海陬久矣远红尘，水脉传承唱古今。百里蚕桑经史慕，千重稻浪雾烟频。

景从富庶终圆梦，家却贫穷犹慰君。倘问春风谁固本？古渠原是故乡根。

赞唐徕渠

刘剑虹　宁夏

激浪扬波自灌田，坚堤百里柳如烟。古渠千载苏荒野，朔漠万民浇渴原。

饮水禾苗分外壮，经流蔬果味长绵。鱼游苇翠沙湖美，绿染一方功在先。

刘峰 河北

鹧鸪天 宁夏古渠吟

闸立巍巍峡口间，古渠由此急流绵。灌浇有度精分水，砌护无遗少渗田。垂柳岸，石栏杆。稻香百里瓜果甜。湖连七二依渠翠，五谷丰登年复年。

题宁夏引黄古灌溉区

滚滚黄河天上来，流经宁夏几徘徊。浪花分得三千朵，画作江南一扇开。

破阵子 读宁夏引黄古灌溉区英雄事迹有感

大漠葡萄亮紫，绿洲枸杞翻红。河畔花香千里远，塞外江南一梦浓。心潮涨几重。石刻春秋上下，波分渠水交通。多少艰辛开沃野，几许年华拓碧空。缘何情独钟？

刘新宇　宁夏

永遇乐　天水云蒸

天水云蒸，烟霏罩翠，穹苍狂注。龙卧青铜，大河澎湃，万里倾情路。千年惊梦，恶涛肆意，失所流离难述。今降魔、欣逢盛世，江山锦色如簇。

晴明雨住，飞檐莺语，又见古渠花树。边镇新风，乐音声重，怡醉群芳舞。兴修除弊，民安国泰，功盖秦皇汉武。凝山远、激情律动，腰间响鼓。

宁夏　刘新芳

一剪梅　固海扬水工程赞

自古山区乃旱塬，满目荒滩，苦水难咽。黄河之水上高原，今古奇观，生命之源。

水利群英写蔚蓝，高空筑涵，输送甘泉。锦流千里沃山川，绿水青山，稻香鱼鲜。

水调歌头　青铜峡水利枢纽赋

禹公开峡谷，大河浪滔天。雄浑浩荡拍岸，远上白云间。盛世治黄枢纽，秦汉古渠唐徕，万代伟功传。青铜筑高坝，壮志挽狂澜。

上善水，蜿蜒至，绘画卷。独钟宁夏，百世感念筑碑坛。一路欢歌流韵，两岸田畴锦

江仲辉 江西

绣，九龙舞山川。天府繁华景，千里尽斑斓。

塞上古渠

名渠胜迹几千秋，浩渺烟波各自流。灌网龙盘滋沃土，纵横千里赛神州。

沁园春 宁夏塞上古渠

天赐黄河，远古分流，渠道含芳。引天河活水，惊湍翻滚；茂林鸟戏，稻黍飘香。水秀山青，牛羊肥壮，虎步龙骧奔小康。金波涌，看腾门锦鲤，百鸟飞翔。 秦渠汉道长廊，引无数骚家赋锦章。踏丝绸之路，寻幽览胜；历朝才俊，阅汉评唐。渠网纵横，掘山凿壁，筑坝修堤土石夯。真欢喜，借长龙水脉，再铸辉煌。

参观宁夏古灌区感赋

江勇勐　黑龙江

百转黄河自远天，贺兰山下辟良田。不唯鱼米夸宁夏，展拓堪争百业先！

水调歌头　赞宁夏智慧水利

汤俊峰　江苏

西部引黄处，治水占春先。千亩菜地，浇灌管理不愁难。天气阴晴温度，土壤墒情计量，扫码自悠然。看取智能化，数据手机连。网精控，渠泵动，夜香眠。物联云算分享，碧野尽丰田。滚滚潮流妙慧，亮点平台雅聚，理念早超前。独树先锋帜，神禹创新天。

安　杰　河北

夕阳渠景

夕阳红絮软，蜀锦縠纹平。飞鸟争新树，行人别旧荆。琼瑶聆万里，禾稻饱千城。虽是依帝力，汉儿自经营。

渠畔夜景

水天一何暮，岸柳拂肩过。灯随舞姿动，歌伴老人多。

信步行『金地』，凝神数玉珂。一发千万里，只此是银河！

塞上古渠

长河连塞上，景秀贯川中。古迹追贤客，新姿颂水翁。
通渠泽稻黍，发电惠民生。国脉清流动，人文盖世功。

青铜峡黄河大峡谷

滚滚波涛宏壮处，穿山越岭过崖坡。奔腾峡口雷驰骤，激荡川中曲济和。
不尽黄云春雨润，无边金谷信风梭。势追广宇噬明月，多少豪情多少歌。

祁飞龙　宁夏

祁国平　宁夏

宁夏水利人

黄河万里过重天，泻下江南润万千。四面英姿留塞上，八方飒爽树江南。
云横厚被家何在，雪竖单床水可艰。无意苍天应有意，白发含笑站江边。

水龙吟　宁夏古渠

二千年水流宁夏，天外奔腾嘹唳。如银河泻，银川泽润，江南初至。杨柳陪天，岸长山静，午餐香米。纵有大禹身，横排错落，渠门四、宏图起。

塞上风沙多事，创新天、泪光遥寄。九霄云外，孤芳厮守，情人再缀。八百万田，我临城下，影流秦水。做新时代梦，生生不朽，举杯盈泪。

题宁夏引黄古灌区

祁国凯　湖北

塞上江南名不虚，大河天赐引通渠。芳田香稻画图似，碧浪锦粼诗卷如。
斧凿先民甘偃蹇，棋分后辈漫踌躇。且看十四川流灌，土沃时清岁有馀。

题宁夏引黄灌区

许东君　宁夏

黑山峡口天河入，秦汉开流黄水长。沃野九朝泽百姓，引渠千里润三乡。
旧堤除险江南誉，新干防洪塞北昌。沙卷波涛拍两岸，诗人落笔动肝肠。

许金平 宁夏

沙坡头水力发电厂感赋

横断中流志玉成，鸣沙筑坝领先锋。渠分南北平川绿，水聚园田杞枣红。
网电千寻留塔影，香山一脉枕涛声。采风值此逢七月，更念般般镰斧情。

访宁夏引黄古灌区有作

九曲黄河润福川，千年屏障接芳田。新洲翠色闻琴动，昔柳清风舞蝶翩。
遥忆古人排灌苦，今逢蔬果品尝鲜。雁声一去良渠远，水静霞明入梦牵。

许宗金　宁夏

赞宁夏水电工程

大坝高悬水电忙，长渠沐浴万担粮。晴空碧野无边际，塞上江南稻谷香。

长渠古韵

千秋留古韵，满载大河情。筑坝截流断，开闸放水通。恩泽原野地，养育故乡城。塞上江南美，花香稻谷丰。

孙　中　江苏

宁夏古灌区

黄河贯千里，渠网造粮仓。大漠观鱼跃，平川飘稻香。

苏杭拟塞上，秦汉叹流芳。领首思千古，吟诗赞故乡。

塞上古渠

孙连松　河北

大河滚滚自天流，携土融川聚沃畴。黄灌通达织垄亩，水波荡漾润春秋。源滋百世泽畦厚，脉淌千年孕穗稠。塞上江南逐绮梦，古渠研彩绘新轴。

沁园春　塞上古渠颂

滔滔黄河，万里奔腾，九曲龙蟠。挽沧桑厚土，千年积扇，洪泽福地，一马平川。阡陌交织，沟渠错落，汩汩沧流润沃原。目及处，尽稻丰林秀，果硕花繁。素称塞上江南。赖无数、先驱历苦寒。览黛漕苕堰，引波牵浪，转轮飘带，卷雪穿涵。古韵传承，钟灵毓秀，水脉奇观屹世寰。新天府，擘盛华金岸，筑梦正圆。

咏塞上古渠

孙林泽　山西

塞上江南秦汉传，古渠十四泽桑田。灌区悠久中华史，遗产光辉上善篇。

畅引黄河调画笔，浓描绿色赋摇篮。问渠自有源头水，融汇人文大自然。

咏塞上古渠

孙镜伯　北京

劈山人字大河开，满目春光塞上来。牛力耕夫相苦乐，井田稼穑并行排。
千枝硕果丰岁月，万古波涛绿漠埃。啼唤潺湲烟景里，听歌引灌祖先才。

塞上古渠

纪福华　上海

黄河之水亲宁夏，恰似流年滚滚来。秦汉唐渠开盛世，清明惠润泽滂莱。
谁教稻谷江南舞，我叹天工塞上裁。神绘河图拴步履，徘徊阆苑不思回。

苏培伟　陕西

塞上古渠

神渠必自西天落，银汉淙淙水脉流。太极河图擎日月，无常世事仰嬴刘。
千年惠泽人间享，一路欢歌塞上游。秦汉唐渠今尚在，似谈古圣悉心修。

渠流默默

贺兰积雪追胡马，大漠屯兵降汉星。一脉黄河能富夏，两番北国总归宁。
渠流默默先人语，稻唱声声我辈听。绿水千年浇沃土，江山万里表功铭。

杜枚 宁夏

己亥夏访渠口鱼嘴堰

宣和隔柳古河滨，济世行藏立此身。遥渡蓬莱犹未晚，半浮沧海半成尘。
我来渡口寻天马，闻说沙洲是玉津。斗柄寅初山有月，龙蟠拉纤九州春。

水龙吟 咏黄河古灌渠

浊波千里苍茫，浩浩奔腾东流去。望川西岸，浪鸥高峡，禹神行处。饮涧长虹，渡槽飞练，伏牛久驻。观一岁疏浚，三春封俵，终安极、闲庭步。

忆昔横峰巨斧。劈山开，惊涛倾注。怒雷惊蛰，风轮骖服，英雄驾驭。我欲乘槎，问津鱼堰，灌渠漫渡。许青山列仗，神驹过隙，犹鱼龙翥。

塞上古渠

杜瑞光　宁夏

秦汉唐徕任狂流，越川九曲不见头。滋养良田广施恩，利国惠民壮神州。

古渠抒怀

阡陌碧水远流长，润养良田富故乡。福延后代万千秋，古韵风貌溢名扬。

如梦令　盐环定扬水之歌

李小龙　宁夏

大漠风沙荒塬，机组轰鸣相伴。寂寞扬水人，守护水渠泵站。一年，一年。绿洲撒落乡关。

李小英　湖北

破阵子　宁夏古灌区

河渠大坝闸堰，天堑分流溉灌。纵横千里织锦绣，水木万家米粮川，塞上白云间。

治水源自秦汉，耕耘黄河两岸。古今多少沧桑事，兴衰成败终向前，今日写新篇。

定风波　青铜峡坝上有感

塞上风光一望收，长滩十里绿如绸。八面春声连日色，非客。人行佳处自无忧。

壮志经天真砥柱，吩咐，黄河到此亦低头。眼底千帆皆不动，云涌。湖中白鹭绕行舟。

宁夏 李凤云

引水西海固

引黄逐浪流西固，八百艰程摆战场。穿谷越峰槽水渡，险滩高地掘河床。
罗山岭下人欢叫，黑镇三营士气扬。浇灌良田千万顷，原州回汉业辉煌。

沁园春 礼赞扬黄工程

引水高原，再造江南，震撼全球。看原州处处，山披玉被，地生金穗，人物风流。乳管横空，石渠遍野，滋养良田旱涝收。争朝夕，扬帆同逐梦，改写春秋。
扶贫造血同筹。盼回汉人民生活优。忆不堪旧史，千年贫瘠，三生饥渴，夫复何求。幸筑天渠，更逢盛世，万类新天竞自由。从头过，愿黄河永育，固海无忧。

塞上江南诗

李文清　山东

渠开两岸各西东，九曲黄河塞北风。词韵六盘山月上，诗香十里苇波中。
山铭岩画生春色，星染平湖出霓虹。夕照夏陵思兴替，沙湖日暖照飞鸿。

塞上江南旧有名

李宁善　宁夏

一

飞离雪线织云锦，塞上引黄天地新。荒漠劚成瓜果地，滩涂垦作稻菽村。

牛羊肥壮山河秀，旱涝丰腴回汉勤。
秦水汉流如网络，天公赐与万斛金。

二

畎浍纵横鱼米鲜，自流灌溉赛江南。
平畴荟萃唐徕畔，沃野葳蕤渠道边。
沿岸禾苗翻细浪，连湖禽鸟舞翩跹。
荷花笑绽蛙声里，人在画中难入眠。

宁夏诗词学会『古渠杯』采风

李永峰　宁夏

风暖烟微麦渐黄，循渠逐浪觅诗章。
归来夜话嘉禾事，不觉清波入梦乡。

黄河大峡谷随想

李刚军 宁夏

牛首兰峰抱古峡，田禾织锦浪飞花。
涛声恰似开河曲，吟唱禹王未入家。

贺宁夏古灌溉工程申遗成功

盘王落斧地天开，万古黄河滚滚来。
引水屯田泽塞上，民丰物阜少凶灾。
秦唐汉惠千秋代，美利七星永不衰。
灌溉遗存昭后世，梦圆宁夏再抒怀。

唐徕渠

李先民 宁夏

横流八百载，福樾万家人。
稻黍千重浪，澄泓一碧春。

李向前　河南

孤烟无影迹，翠柳有莺音。携韵昆仑雪，倾情塞北新。

西江月　抗洪

闪电鸣雷震耳，乌云压顶遮天。登高凝望贺兰山，洪兽泄奔人间。

汹涌泥沙掀浪，狂风卷起波澜。森严壁垒保平安，勠力勇擒水患。

塞上古渠行吟

古渠盘塞上，原草一望青。风惹千层醉，波巡万亩醒。

荡胸涵梦泽，放眼遍驼铃。侧耳闻天籁，乾坤此处宁。

水调歌头　塞上古渠

李兆海　河南

引黄犹耿耿，过垄且涵涵。千年流韵，密如蛛网斗秾纤。已入世遗名录，偏有骄人功绩，高誉岂虚谈。和谐水文化，品味久余甘。　惠苍黎，防旱涝，净尘凡。新开模式，融合农旅不驰担。竟日潆洄四野，每岁催生五谷，妩媚比江南。迷我行吟者，一步一回瞻。

赞塞上古渠

李兴志　山东

一水西来碧落间，奔流中断贺兰山。古渠横纵伏蛟浪，千里荒芜尽沃田。

李安辉　湖南

咏塞上古渠

一水西来断贺兰，引黄耕灌尽艰难。朝夕父子肩挑土，寒暑官民手把锨。
渠道终成伏肆水，土陂得溉变良田。惠泽千古兴农事，塞上何须羡江南。

题宁夏唐徕渠

塞上明珠千百年，黄河不语润心田。春风万里平沙绿，别是风光一片天。

塞上古渠颂

亦是春华亦是烟，江南塞上最流连。丝绸万里通方外，稻谷千秋胜小鲜。

秦汉沟渠今尚在，隋唐惠泽更谁传。复兴伟业无多路，别样清波润旧田。

题吴尚贤

李来栓　河南

塞上江南誉尚贤，匆匆脚步遍山川。却看撑起青铜骨，大禹其功六十年。

沁园春　黄河水精神

李秀英　河北

骇浪惊涛，咆哮奔腾，气势壮观。顺银河直下，流经北壤；波光远去，泻入东南。过岭横川，如雷震耳，孕育农耕百万年。登高望，见金龙起舞，万马回旋。　长河逝水匆匆，已越过崇崖又险关。忆禹皇治水，家门不

李改香　河南

入；河渠筑坝，时刻未闲。岁月沧桑，曾经往事，尽在浑沙浊浪滩。今依旧，仍滔滔不息，一往无前。

游塞上古渠有感

塞上何成鱼米乡，大河乳润灌农桑。古渠活水溯秦汉，沃野春风染稻粮。
禹圣归来须叹息，禾田弥望绿昂扬。凿开混沌凭双臂，千载明珠散瑞光。

游塞上古渠感怀

驱赶黄河入宁川，开渠如举打神鞭。灌园注进一泓绿，润物泽滋千顷田。

沃野秧深欲抽穗，青畦日暖渐生烟。丰收在望兴无限，谁解临风悼禹贤。

过青铜峡咏黄河

李英 甘肃

羊皮筏调信天游，沿路嘶来吼不休。铁板铜琶虽已惯，一经宁夏也悠悠。

咏宁夏引黄古灌区

李金明 河北

奔腾万里母亲河，乳汁千年淌几多？久灌汉秦成沃土，遥思唐宋熟新禾。
秋原锦绣古渠水，落日苍茫紫塞歌。时有游人来指点，望中胜迹似星罗。

李京宇　内蒙古

塞上江南

古渠环绕巨龙旋，沃野黄河一脉连。纵润群山千岭树，横滋两岸万家田。
昔今凭水人民裕，春夏因花景色妍。多少吴音诗赋里，谁知塞上亦江南。

李剑如　江西

浣溪沙　咏引黄灌溉区

塞上江南造化工，拂堤杨柳快哉风。群山远没白云中。
流水三千凭灌溉，古渠十四证穷通。川原不改绿葱茏。

李勇　广西

踏莎行　塞上古渠行

绿野葱笼，青川妩媚，沟渠交错天如洗。翩跹蜂蝶逐花开，清风骀荡游人醉。　大雁翔空，锦鳞戏水，黄河浩渺随人意。奔流不息越千年，浇来塞上桑田美。

塞上古渠

渠集先贤智，水为生命源。星光照汉魄，云气壮秦魂。
风荡波千顷，舟归烟一痕。眺看河两岸，花木绕新村。

河南 李 殷

为宁夏引黄古灌区成功申遗赋

申遗成就领头功，宁夏古渠声誉隆。水网编织乡土梦，河川律动灌区龙；
阴晴减弱天灾少，旱涝充盈仓廪空。九曲黄河流壮美，贺兰风韵比江东！

贺兰山放歌

汉唐创举启先河，十四古渠流壮歌。水利农耕农业旺，河兴百业百家多；
千娇百媚田园美，五谷丰登人物活。塞上江南宁夏好，贺兰风韵醉评说。

李乾荣　江西

塞上古灌区行

古渠河套织平原，逝水犹兴秦汉澜。
灌溉千秋称世泽，充盈万廪助民欢。
澄波印月三重碧，浮影沉霞一抹丹。
昨日荣登龙虎榜，江南春色塞门看。

古渠垄上

引水开渠不钓名，牵云播雨润农耕。
茫茫麦浪扬香穗，淼淼溪流泽众生。
垄上春泥三颗籽，鬓边秋月十分情。
先贤巧匠遗瑰宝，唤我乘风故塞行。

颂宁夏水利厅

李跃贤　黑龙江

经风历雨任浮沉，治水修渠幸福寻。
坝中潮起千层玉，塞上春回万里金。
青绿峥嵘宁入画，烟波浩渺浪摇琴。
润泽苍生铺富路，引黄沃土奏强音。

贺古渠申遗成功

李　锦　江西

不倚苍天不倚神，修渠引水佑黎民。
今时不唱千秋业，只作情来一笔真。

题千年古渠

宁夏平原历史悠，古渠秦汉溉田修。
而今一跃升遗迹，水利神功春复秋。

杨怀胜 山西

观宁夏古渠感吟

我自芳园一放歌，心舟摇过母亲河。轻风吹皱古渠水，丽日抚平新稻波。
留荫甘棠能化雨，知时嘉澍总滋禾。人间欣有扶犁手，耕种民生幸福多。

水调歌头 赏游银川感赋

塞上有仁境，秀美媲『江南』。赏斯如画山水，不醉也陶然。曲自青铜峡出，歌自黄河畔起，谁与弄香弦？红绣丝绸路，绿染贺兰山。新天府，模范市，米粮川。平畴无际，千重绿韵月轻弹。城市平添魅力，百业平添活力，福种万家田。生态宜居地，天赐美家园。

塞上古渠赞

杨威　新疆

引黄灌溉两千年，渠道纵横紫气旋。佑国济民驱旱涝，安波息浪护坤乾。

绿肥宁夏千支脉，彩溢灌区万点烟。古建集群昭后世，丰碑永树壮尧天。

引黄古灌区感赋

杨彦青　河北

云恋青山山恋湖，黄河璀璨一明珠。担心总受诗人赞，会被诗人宠坏无。

大禹治水感赋

一心装载万民忧，三过家门不暂留。洪水滔滔终止尽，愧妻泪水未曾休。

杨朝然 河南

宁夏引黄古灌区抒怀

千里迢迢穿境过，苍天有意赐长河。
引黄渠淌琳琅画，带露禾翻翠绿波。
鸟唱晴川声啘啭，花开沃野醉颜酡。
兴来独自登高去，流水陪人一路歌。

引黄灌区放歌

越岭穿山入大荒，荷风柳韵翠琳琅。
稻花香溢如醇酒，沃野颜娇压众芳。
十四渠流甘露液，千秋岁晒好华章。
引黄水谱利民曲，一路高歌醉画乡。

宁夏 杨德平

过古溉区

西决郁蒸召伯懒，鲧禹不在万世哀。果满千山潘安掷，渠泽万亩蒙恬开。

朔方未惜游阆苑，宁夏不吝醉蓬莱。古往今来黄河险，天长地久引溉才。

水调歌头　宁夏览古

昆仑西来游，天荒起星宿，鲧禹鬼斧不休，风沙茫然久。岂意浊水泽深，旱涝不为人由，朔方独丰寿。开渠引溉流，黄土载绿洲。蒙恬开，汉唐垦，银川绣。回瞻旧乡，杞子天麻不待秋。近来渠绕溪山，远上溪山绕楼，塞上江南否，汉来少人尤。一方冠九州。

秦渠

肖云　广东

野望秦渠无尽处，青枝两岸暖风栽。千年岁月将诗去，万里关河送笛来。
自得欢情腾细浪，岂因俗事起凶灾。一腔心血书天下，借得源头蹊径开。

塞上古渠二首

时玉维　黑龙江

其一

引黄来塞上，灌我汉家田。荏苒几千载，清和万里原。
蝶来花自悦，鄰动鸟能言。一望瑶池影，沾香绿正繁。

时俊杰　陕西

其二

云光水色两分明，泽被难能及户庭。得地自然黎庶足，豁怀犹送藕花馨。
黄龙荫庇昭天禄，紫塞秾繁仰德星。感此江南犹愧色，怀珠何必在沧溟。

塞上水利

星灿聚首黄河勤，疑是塞上与天近。秦汉唐徕智慧灌，始知人间丰功存。

卜算子　智慧水利

两千载治水，九万里观星，人文始治在宁夏，大漠戈壁中。

十四条古渠，七十年新治，智慧水利趁势起，再开新征程。

塞上古渠赞

吴志强 陕西

塞上古渠千百年，惠泽宁夏赛江南。治水事迹无数页，世界遗产傲人间。

题宁夏黄河灌区

吴彦哲 吉林

长河跌宕势如狂，引水分流灌溉忙。一路风光迷客眼，千秋故事动人肠。
云飞柳岸波涛碧，雁过南天稻菽黄。四季更迁添美致，复兴梦里寄诗行。

吴嘉英 宁夏

致渠道水利人

辞家护水野田行，巡检渠堤沐雨风。密网纵横千顷翠，丰收难忘放闸情。

西江月 唐徕渠

古韵悠长浪涌，良田无际翠流。波澜滚滚润农畴，金水汤汤奔吼。

碧草秀林惊鸟，黄涛盈耳轻沤。平川万顷稻香收，塞上粮仓锦绣。

邱道美 广东

临江仙 塞上古渠

塞上江南寻胜迹，黄河曲韵悠扬。贺兰山下事农桑。一川秦汉水，百里米粮仓。岁稔花飞丝路雨，乡邦福泽绵长。相逢煮酒乐陶唐。磨圆今古月，续写好文章。

秦渠

何永哲 江西

百里明渠日日流，滋心润物两千秋。年年不负春风约，共使荒原变绿洲。

唐徕渠怀古

何红 宁夏

稻花千里莫疑猜，塞北江南水利开。夹岸荫荫垂汉柳，低天飒飒立唐槐。

黄河独富风云地，白鸟齐飞烽火台。思尽古渠家国事，贺兰山下凤凰来。

山东 何恒秀

塞上古渠咏

塞上何成鱼米乡，古渠灌溉是良方。黄河疏浚随风舞，天堑分流伴燕翔。
万顷禾苗翻碧浪，一天云霭布春光。黄河抱梦滋宁夏，绿水潺潺绘锦章。

宁夏 何晓晴

咏宁夏古渠

一

一溪玉带卧平川，五岭三山韵百泉。寸寸河堤铺锦绣，家家屋后泊云烟。
瓜香杞美驰中外，羊壮鱼鲜桑梓缘。霭霭浮光滋夏艳，涂歌里咏乐和天。

二

绿卧黄河诗入眼，涛声枕月夜不阑。秦渠汩汩梳膏沃，汉水淙淙助荔丹。
天降祥龙围四野，地生云影满山峦。浪花千里情千重，蛙谱笙歌伴梦弹。

唐徕渠

何海燕 宁夏

宁夏平原水彩烟，古渠遍布润泽田。唐徕数载清流过，岸上千年景色繁。
四野悠悠芳草翠，满川处处稻香甜。河床两侧风光美，馥郁葱茏绘画篇。

何智勇　浙江

塞上古渠

滔滔黄水载春秋，一决昆仑入海流。
秦汉开渠峰岭过，平原世代稻花优。
大河今古人文治，宁夏山川润泽畴。
鱼米之乡分外秀，领航国梦百年舟。

唐徕渠

百里通渠润大唐，驼铃响处忆沧桑。
春风每送人间绿，膏亩长滋天上黄。
荡荡街衢排柳密，鳞鳞厦宇抱槐香。
贺兰山月圆今古，一梦沉酣乐帝乡。

湖城夏夜

邹　鹏　宁夏

碧波塞上映天光，水绕绿环皆画廊。
青枝翠叶盈盈气，鲜藕浮莲暗暗香。
万盏街灯城四畔，一轮皓月水中央。
望月思源怜水韵，悠然湖岸享清凉。

唐渠赋

邹慧萍　宁夏

天下黄河富一方，唐渠自古水流长。
千湖万亩粼粼秀，旷野高天隐隐香。
阅海湖中鱼跃浪，凤凰城里鸟呈祥。
自然生态年年好，遥祭龙神万古芳。

辛军 宁夏

唐渠春灌

唐徕渠水自天涯，浪簸风淘漉尽沙。
万亩碱滩成沃土，千条涸泽跃鱼虾。
画桥水泊观鸥鹭，亭榭长湖赏月华。
偏爱湖城风景好，民生乐处思方家。

古渠新韵

秦渠迤逦水流长，汉水悠悠一脉觞。
万物欢歌添新韵，百川流馥泛花腔。
黄河九曲开明镜，昂渚七星连碧岗。
最喜细流清不绝，常滋黎庶永安康。

汪红 甘肃

鹧鸪天 咏水利人

寒暑争流写巨篇，江南塞上见方圆。纵横得教花开盛，收放还因结果繁。
今有例，史无前，洪荒戈壁换新颜。青春逝尽终无悔，双鬓星星看禹天。

喜迁莺 咏水利工程

飞霓管，起虹桥，越岭探山腰。长河引领上高跷，雪浪浸云霄。荒漠迁，穷壤化，千里甘霖挥洒。花香树碧鸟喧喧，甜蜜至心尖。

咏塞上古渠

沈忠辉　辽宁

幸有苍天赐大河，悠悠宁夏漾流波。开渠汩汩通秦汉，引水漫漫饱黍禾。
已点黄沙生碧草，久留白鹭戏青莎。利民上善涛声起，唱作千秋一曲歌。

宁夏颂

张中杰　河南

远古文明发祥地，丝绸之路留传奇。黄河东奔一万里，秦汉屯垦十四渠。
引河溉田泽两岸，战胜旱涝永无虞。塞上江南成世遗，华夏儿女志不移。

张文豹 北京

宁夏吟

宁夏引黄古灌区，秦汉唐徕十四渠。三过家门成大禹，大河清平兴水利。
堵疏游刃贵有余，岁月安澜玉谷积。自古英雄斗天地，神州风情更宜居。

唐徕渠印象

一条渠水柳青葱，万缕流霞相映红。情侣爱依携手意，凤城迎客涌春风。

鹧鸪天 黄河楼

玉带黄河九道弯，怀中抱子瑞龙盘。高楼倚岸腾空起，翘脊飞檐映水边。

游史绩，续诗篇。神州塞上喜人寰。金波荡漾群情涌，铸就康庄大有年。

古渠赋

张玉华　福建

黄河塞上亮银波，古道渠旁育碧荷。近古贤明通水利，现今乡野诵欢歌。

此间丝路穿千里，彼处丰饶布万窠。引水开屯培后辈，孩童也学筑泥涡。

宁夏古渠赞

张石醒　广东

塞北江南旷古名，千年水史壮文明。引黄灌溉频添绿，为国申遗广视听。

秦汉修渠颇受益，元朝建闸屡增赢。黄河文化光宁夏，钦佩专家陈育宁。

十四灵渠

张　平　宁夏

秦唐古汉相承脉，十四灵渠广惠泽。
黄水横通浇富庶，秋来五谷满庄窠。

灵渠古韵

水入山川成沃野，灵渠古韵赋新篇。
东风过处田园景，鱼米丰收百姓安。

咏宁夏引黄灌区

张守元　山东

塞上江南景色幽，秦渠汉坝历春秋。
黄河乳养人强健，大漠风吟物美柔。
燕舞莺歌丰稻果，溪潺草茂乐荷鸥。
非遗古溉名天下，现代愚公壮志酬。

张孝华　宁夏

卜算子　塞上江南

天上赐长河，风景神奇造。燕舞莺歌稻果丰，又见非遗报。

碧水绕沙洲，云淡霞光照。水脉渠神永继传，塞上江南好。

唐徕渠

生于先祖手，慈母是黄河。战火千年泪，春光万顷波。

不嫌花季短，只愿果实多。浪奏新时代，奔腾一路歌。

张志河　山东

唐徕人家

两岸莺歌柳色新，开耕沃野众乡亲。渠分万里黄河浪，花放千家紫塞春。
昔日戍边征战骨，今朝兴业领潮人。豪情最是通关酒，撂倒楼头座上宾。

咏宁夏引黄古灌溉区十四条古渠

长长渠十四，澹澹自弦音。曲润千园稷，秋收万斗金。
行川怜稼久，落日别情深。胜却江南景，朝朝有抚琴。

张志善　山西

江城子　千年古渠赐永福

千年古渠穿山坞。任风拂，若歌舞。水灌原野，鸟雀喜相呼。继往开来绘宏图，创新业，欲何如。

拓渠扩浇不惧阻。旱可抗，涝能逐。源远流长，碧绿纵情涂。塞上江南水传承，泽长丰，赐永福。

张秀娟　河北

鹧鸪天　引黄古灌溉区

宁夏今朝气象殊，新容竞色更宜居。引黄抗旱滋乡土，筑坝防灾改古渠。

收硕果，战荒芜，名扬塞北一明珠。经年再蓄瑶池水，绿满山川绘锦图。

张青松　河北

临江仙　宁夏水利工程

智慧疏开水道，古渠染绿荒山。军民屯垦戍边关。坝堤拦祸患，生态焕新颜。

建起高科枢纽，迎来岁岁丰年。清波流入万家田。明珠镶塞北，好个美江南。

游唐徕渠

青铜峡畔走长津，桀骜蛟龙性可驯。穷变遐荒三万顷，庇庥黎庶一千春。

星河影动开榆塞，霜稻香摇奏凤钧。伫看烟波迢递去，明珠永璨曜寰尘。

张雨倩　湖北

塞上古渠行吟

神州未失擎天柱，冷落银川亘古邦。生态风情诚不绝，黄河绿韵正无疆。
水清世代听泉涌，泽惠古今浴日光。且步金风瞻夕照，古渠水利史留芳。

沁园春　宁夏塞上古渠感赋

生态之区，塞上江南，水陆俱通。望古渠秀处，水滨阜盛；黄河之口，泽畔丰隆。芦藏禽鸟，风骄杨柳，一派繁华梦寐中。升平日，邀词人骚客，吟咏古风。　田园旖旎天工，照碧水，煦阳相映红。叹余生也晚，缘悭盛迹；蹇才难述，笔失娇容。秦汉屯田，古今惠泽，风物萦怀千载同。从此醉，捧丹心皓月，遥寄飞鸿。

张金龙　宁夏

忆江南　秦渠美

秦渠美，荒域变江南。金水漫川浇圻野，天光鸾鉴晕新蓝。云母嵌澄潭。

鱼米足，旱坝殖螺蚶。河塑人家歌一片，枣花香里话桑蚕。酣梦透蓑簾。

江城子　汉渠颂

汉渠恩惠古来长。引沧浪，泽遐疆。塞上春畲，万户得安康。千顷狂沙浑不奈，蛟龙绕，锁寒塘。

河东一望灏茫茫。麦金黄。稻飘香。大枣葡

萄，熠熠泛珠光。盗得观音瓶内露，滋息壤，润仙乡。

美利渠

黄河滚滚过大漠，哈家父子感慨多。若能引水入沙地，何苦肚饥衣衫薄。

十年徒劳愁断肠，仙女曳袖解迷茫。循迹开渠大功成，宁夏平原变粮仓。

卜算子　青铜峡

险峻青铜峡，高坝筑隘口。灌溉沙漠成良田，粮棉出垄亩。

汉唐到明清，修渠不停手，塞上江南有宁夏，福祉传永久。

张宗茂　河南

张脉峰　北京

银川湿地喜赋

昔日蛮荒地，今朝百鸟喧。碧枝花欲醉，白鹭影如仙。
九曲黄河水，八方欢乐源。众生来守护，生态美家园。

贺黄河金岸

唐音宋韵梦中来，一任东风细剪裁。金岸黄河诗赋起，贺兰山下望瑶台。

张爱军　河北

古渠赞

一

塞上竟作水云悠，汉唐古渠证春秋。艰难沟拓通荒陌，次第闸开引碧流。

天府秉承千年力，桃源应续百代谋。从来黎庶书情史，泽被苍生傲王侯。

二

丝路黄沙过几重，朔方喜沐杨柳风。万流潺湲寒玉浅，五谷盈硕胭脂浓。

古塞渠通晴为雨，荒边河润枯向荣。贤民同心兴灌溉，不让大禹治水功。

青铜峡口水利枢纽吟

张海生 宁夏

黄河枢纽带峡波，一路雄风一路歌。两岸青山迎翠柳，千秋功业水评说。

沙坡头黄河水电站观感

沙云紫气遒，堤坝断横流。幽谷飞鸿雁，青山伴玉楼。分支发电悦，余脉旱田收。水韵着人意，黄河富北州。

水调歌头 咏宁夏引黄古渠

张琳 重庆

天际倾沧海，塞上引黄河。滔滔奔势，沃野千里种青禾。漠漠田园灌溉，

张　辉　黑龙江

漫漫风沙浸润，利泽逐年多。追忆前人迹，开凿讯如何。分水闸，溢洪道，与时和。灵州胜地，物阜依旧藉清波。源溯秦渠屯垦，春涨汉渠疏浚，雪浪不停歌。从此无涝旱，鸥鹭总飞过。

赞秦汉渠灌区

几代愚公志不挠，亿吨土石一肩挑。黄河俯首听军令，哪里苗干哪里浇！

题引黄古灌区

久慕申遗古迹名，堤边远眺壮怀生。闻分天水千秋过，渠灌桑田五谷盈。

贤士崇高非弱智，愚公渺小更聪明。游人如织争留影，一样风光两样情。

题汉渠

张鹏 山东

汉渠闻道汉时修，不废千年竟自流。塞上遥看明似练，田间喜见碧于油。
妙臻福境凭其与，暗合繁华赖此收。别有纷纷才子笔，蘸来美誉赋春秋。

浪淘沙 题唐徕渠

渠凿汉家施，复浚唐时。招徕民众垦荒移，岁月峥嵘凭记取，名字堪知。
魂梦几相思，过客痴迷。遥遥百里沃田滋，塞上风光无限美，如画如诗。

唐徕渠骑行

张新喜　宁夏

渠水悠悠步道长，林莺邀我共晨光。无垠田野吟眸醉，一路诗心向远方。

水调歌头　赞塞上古渠

张德新　黑龙江

农乃国之本，水利是灵魂。一枝一叶添彩，清澈带殷勤。渠道源于大汉，万里皆生春色，气象著经纶。诗写青铜峡，高咏水精神。树挂红，田盈绿，品甘醇。沧桑多少流过，垄上种人文。不尽豪情奔涌，化作山川交响，梦想绽缤纷。恍似江南景，处处可耕耘。

过宁夏引黄古灌区

张耀臣 北京

大河穿漠欲东还，底事迂途向贺兰。情注秦来渠万里，水泽塞上地千年。
田园霞染江山丽，丝路春浓世界宽。把酒危楼穷目处，喜看国梦奋中圆。

咏黄河古灌区

张巍 湖北

浩荡黄河千百转，直出高岭入平川。开渠引水尝艰苦，秦渠汉渠名尚传。
万顷良田资溉灌，纵横阡陌万家安。不忧旱涝多光热，物阜民丰似江南。

陈凤兰 宁夏

青铜峡水利枢纽赞

辟地开天势更雄，一坝横亘锁黄龙。截沙蓄水居功伟，发电防洪力无穷。
一艇风驰平水里，九渠交错绿波中。前人功绩后人仰，誓为人民立隽功。

唐徕渠印象

忻忻膏泽润田畴，画卷新开亮眼眸。北去波光连大漠，南来瑞气惠芳洲。
烟霞共醉斜川色，鸥鹭忘机古岸头。风物宜人因灌溉，清渠千载自长流。

题塞上古渠

陈东彩　广东

干风终古挟沙流，吹皱眉心叠万愁。遮月黄尘迷鸟迹，覆霜白草乱人眸。
千畦田亩祈甘霈，十四河渠细运筹。塞上而今何所似，江南沃野许同俦。

宁夏引黄古灌区

陈　军　宁夏

天下苍生水孕怀，干枯必致鬼成灾。黄河吐爱从容过，秦汉修渠浪漫来。
滋润农耕生万利，繁荣贸易纳千财。朔方胜地开丝路，塞上明珠筑凤台。
西夏雄风犹未老，中华壮志岂能衰。今朝灌网臻完善，世界申遗喜挂牌。

陈志斌 宁夏

咏塞上古渠

黄河万里东流去，塞北开门引水龙。十四干渠担使命，田间润泽稻粮丰。

陈伯玲 湖南

塞上古渠

指处连秦汉，沿渠目极长。喜将天赐福，得换谷盈仓。垒石摩千古，清波泽一方。更看今胜昔，水漾稻花香。

陈应方 广东

古渠新咏

溅玉飞珠汩汩流，黄河引水灌田丘。嘉禾异穗含苞壮，香稼繁枝结子稠。

谷物歉丰唯有管，时年旱涝总无忧。风光不独江南好，塞上渠开大绿洲。

点赞宁夏灌区

陈建荣　江西

春铺妩媚秋金绣，寓目清新水淙淙。绿野平川翻稻浪，青铜大坝锁蛟龙。
千条翠柳微风舞，九曲黄河恩泽丰。雨露阳光花吐艳，江南塞北画情浓。

蝶恋花　塞上古渠

陈树红　江苏

草木围堰引作渠。细流万千，禾黍好耕锄。从此戈漠不黄沙，牛羊衔尾稻粮区。『扬黄』更有真功夫。青铜工程，专对水调度。绿野翠园潺潺声，林场湖滩我自如。

谒黄河坛

陈越　广东

如此深恩不可辜，圣坛名显境应殊。波间气象千秋笔，楼外风烟百里图。

九域清时唯感激，一河经处即膏腴。且瞻铜壁峥嵘史，来悟神州崛起途。

宁夏引黄古灌区抒怀

陈斯高　江苏

水是田之血，有渠今古流。潺潺肥谷稼，汩汩说春秋。

塞上横滋润，灌区淘洗稠。江南风月好，不敌沙坡头。

陈敬裕　重庆

青铜峡大坝赞

贺兰牛首怡相望，两座危峰峡谷连。千堰古渠流瘠地，塔林佑水惠农田。
青铜大坝黄河壮，发电防洪灌溉全。更喜智能科管化，文明创造遗传篇。

淡黄柳　固海扬水工程吟

苍凉寂寂，黄土高原泣。特困乡村回汉集。久旱荒山凄迹。差水人多可贫瘠。

革穷昔，扶贫灌区立。扬水站，大功率。水长流，越岭翻山脊。土润川辉，旱洪虞没，林茂粮丰伟绩。

陈斌 宁夏

惠农渠感怀

惠农渠上览春秋，千古兴亡恨未休。
长河落日孤帆隐，大漠雄风胜迹留。
清水恒流情眷眷，幽渠独钓梦悠悠。
不舍桑农无语去，苍茫人事数声鸥

咏唐徕渠

一渠流水千家分，玉带如身润万民。
桥架长虹游日月，车行两岸载昏晨。
垂杨傍地姿容美，闸站凌空紫电亲。
花鸟缤纷清影弄，稻香蓬勃四方春。

题宁夏引黄灌区

苗其华　湖南

高人会做水文章，秦汉渠中尚富强。千载涛声鸣至理，不新天地不炎黄！

咏宁夏水利

范俊珲　宁夏

怒浪吹沙几万重，古今宁夏锁黄龙。明渠活水源秦汉，天堑石闸自纵横。

塞上风光诚可羡，湖中鱼米共相荣。回游不见洪涛恶，当谢时贤造禹功。

咏郭守敬

水势无常久作横，逢君得以助农耕。明渠百里分而治，石闸千年老也峥。

天历文章多建树，汉唐遗事尽知名。曾经恩泽今何在，岸柳青青向客迎。

江南春 宁夏引黄灌溉

林　巧　四川

河套水，古银川。黄沙流不尽，盐渍遍淤滩。开渠涵灌千年久，由此江南边塞迁。

水龙吟 唐渠漫步

林素芳　广东

大河水至汤汤，千秋犹济银川地。渠分几处，波流百里，灌田良计。荷叶田田，稻香细细，天车成对。更鱼游绿盖，鸟飞深草，都疑作、江南

林锦城　广东

矣。我欲循流而下，待闲看、汉风唐水。柳垂堤岸，花开槐夏，清阴滋味。鸣翠湖心，步廊桥畔，青青芦苇。料当时皎月，今宵重照，也渠前醉。

塞上古渠歌

波涛九曲古今闻，丝路飞歌护水人。杰出贺兰山气宇，荣归惠泽水图文。
溯流汉韵铭青史，引灌唐风荡碧云。马跃银川兴水利，龙吟塞上古渠春。

临江仙　银川水调歌

水调歌头扬史韵，黄河九曲行吟。文澜激荡鼓强音。贺兰山气魄，宁夏水精魂。曾照清流秦汉月，开渠屯垦扬闻。引河灌溉话人文。银川新画境，水利古渠春。

咏宁夏引黄古灌区

林增寿　福建

天赐黄河入灌区，穿山破峡一川铺。悠悠惠泽两千载，汩汩泉流十四渠。

润物始终均有致，屯田涝旱尽无虞。放眸福地新风景，平野葱葱春意殊。

千秋流韵总是情

易荣球　宁夏

黄龙奔腾紫烟生，涛声不绝雷轰隆。古渠遗风开新地，千秋流韵总是情。

贺兰山下鱼米香，水木万家旧有名。天鸡破晓红日远，塞上江南醉游人。

黄河之水美

水为脉之血，渠为水之脉。历朝监国者，治水列首策。
治国先治水，鉴史不可缺。古贤治乱水，恩怨多平说。
独得天下水，古渠万世泽。黄河富宁夏，天下唯独得。
平川沃千里，四季有特色。塞上江南美，风景任君阅。

呼永峰　宁夏

唐徕渠畔柳

唐徕渠畔柳，历雨复经风。郁郁荫天日，依依绕水庸。
秋黄纤发秀，春绿翠鸟鸣。堤上流连客，朝迭几代更。

引黄灌区之古今

贺兰山下米粮川，凭藉黄河乳液甘。渠灌雏形秦汉始，水泽范域历朝绵。
纵横千道输平野，大小门闸锁浚湍。鱼跃羊咩风景秀，稻香红杞有腴田。

罗永珩 福建

咏宁夏引黄古渠

黄河亘古水漫漫，十四长渠绕贺兰。塞上风清滋草绿，朔方地迥引流宽。
千年广陌农桑满，万顷良畴稼穑安。国步而今欣盛世，更教胜景入心看。

浣溪沙 过宁夏古灌溉区

异代兵戈苦不休，朔方何以足风流。农耕世业岁丰收。
渠引黄河滋沃野，稻翻青浪涌平畴。功归水利惠千秋。

水调歌头 青铜峡水利枢纽感作

罗金华 湖北

万古昆仑雪，化水入黄河。渠延秦汉，自流分灌引清波。更有青铜正闸，更有唐徕昌润，直灌白沙窝。阡陌分村远，碧树占春多。渠首望，平岸阔，水穿梭。望中仿佛，素练击壤玉山禾。田最惜桃花水，人最忆经纶手，复唱大风歌。塞上江南景，风物又如何？

临江仙 塞上黄河

罗金龙 湖南

万里长龙舒啸傲，滔滔整肃乾坤。奔流到海出渠门。一壶吞日月，九曲下昆仑。塞上江南春正好，明珠丝路堪珍。灌流深感母亲恩。澄清辉绿野，砥立壮黄魂。

塞上古渠颂

罗映清 云南

十四古渠中国龙，塞上江南润始终。
纵横磅礴史诗铜，黄河农耕文明风。
牛首山寺风情涌，智慧星河五千重。
黄河浮雕中华雄，奇秀风光世界颂。

过宁夏引黄古灌溉区

罗衷美 湖北

汉唐功业始于秦，欲靖烽烟几度春。
天堑常分灌渠畅，驼铃已远动车新。
移来万里江南景，扫去千秋塞上尘。
自古黄河富宁夏，波流如汁馈军民。

征南 河南

古渠赞

不息黄河秦过汉，古渠依旧溉良田。小桥流水游身处，万顷金波借行船。
遥望高原宁夏恋，光阴似箭三千年。今人重饮渠中水，华夏千秋永相传。

金永波 黑龙江

咏宁夏水利工程

堤坝巍巍接碧天，蛟龙送沘灌良田。禾苗宛若逢甘雨，树草如同出旱渊。
涸害排除功水利，洪灾战胜绩渠坚。工程壮阔流千里，福济苍生咏万年。

谒唐徕渠感赋

周文渊 湖南

箕装锄挖谈何易，手垒肩挑言亦难。一曲劳歌渠里水，千秋苦韵碗中餐。

画堂春 塞上江南颂歌

灌区神韵尔吟何？霞光旖旎烟萝。水龙飘舞柳婆娑，醉了天鹅。潏潏

唐徕锦绣，茫茫宁夏蓬勃。贺兰山下古渠多，千载长歌。

汉延渠

周占忠 宁夏

明珠湖水摇霁月，黄河楼灯照香街。长夜姮娥洒尘襟，良辰燕雀裁罗缬。

周其荣　江苏

水绿天蓝散彩虹，风和日丽绕墀阶。
汉延渠岸觅春影，牛首山巅莫矜嗟。

咏秦渠

犹念秦渠杨柳青，紫蝶衔蕊丽鸟鸣。
亭台吐翠菱枝弱，楼阁垂蔓松柏影。
金笛声里稻菽香，古筝弦上雾霭轻。
球兰细香素手情，绮罗纤缕娇痴心。

宁夏引黄古灌区放怀

云低天近大荒舒，塞上江南古不虚。
引得黄河一湾水，通来绿地八千渠。
稻风麦雨秋无患，楼月庭星梦有居。
此日申遗功已就，树间幽鸟说乘除。

水调歌头 咏唐徕渠

周 栎 湖北

引黄出高峡，浩渺入银川。湖渠交织，百里逶迤润腴田。风卷云舒水阔，沃野涓流急促，汩汩妙声欢。塞上江南美，岁岁好丰年。柳摇梦，花争艳，浪飞烟。长廊信步，绿水堪染燕缠绵。两岸葳蕤香馥，满眼琼楼鳞次，迭背尽开颜。轻棹唐徕去，把酒醉安澜。

宁夏古渠咏

周洪宇 重庆

九曲黄河至此柔，分渠多路润田畴。原平最沃银川府，边远偏饶古夏州。
连峡绿稠飘玉带，靠山势壮拒沙丘。客来践浪观风际，疑入江南泯尽愁。

周强华　黑龙江

生查子　咏塞上古渠

贺兰山下原，地扩黄河迴。最爱古渠春，幻觉江南景。
风驰自汉唐，雪化鱼龙竞。千里举嘉禾，万代黎民幸。

护渠人吟咏

傍水欲何求，淙淙润绿洲。长行云伴影。久别月悬楼。
草木知形貌，妻儿念寸眸。清渠凝远练，心意系同舟。

宁夏引黄古灌区咏赞

好梦长随日月圆，大河惠泽越千年。分明脉络清渠引，悠远时光绿野连。

水乐陶陶洇史册，云行缓缓喜新田。坝高比拟堆仓米，不下江南可荡船。

宁夏引黄灌区即景

其一

灼灼粼光簇小舻，稻花香软不须扶。百渠千里织金线，绣出年年丰乐图。

其二

稻花香引荻花斜，风一摇舟水一涯。不用留云询白鹭，有清渠处有人家。

郑力 河北

郑汉文　广西

古渠感怀

屯垦开渠千载过，锄痕足迹没烟莎。平川隐约扬花雨，秀岭联翩翻绿波。
旭日驼铃敲驿路，农田春水润新禾。天民阔步追星月，泛舸潮头问大河。

临江仙　古渠水长流

十四条渠秦汉筑，时空穿越千年。淙淙依旧灌良田。扁舟横野渡，鸥鸟戏江烟。
敬仰先民多睿智，宏开广拓灵源。嘉禾芳草绿光天。长风波潋滟，涓滴泽人间。

郑志华 浙江

苏幕遮 咏宁夏古灌区

忆江南，观塞上。万顷腴田，凭灌输滋养。天堑分流渠似网。润泽千家，丽史何其壮。梦犹牵，情未忘。改往修来，处处清波漾。两岸花蹊摇柳浪。百转柔声，一路随风荡。

郑继光 宁夏

七星渠

七星报爽浪花香，盘古开天灌溉忙。大禹疏流今亦用，焦公治水富家乡。

承 洁 江苏

中卫古渠新唱

雨后红霞抹，白云漫步挪。凉风吹蕴意，瓜果睡山坡。
白马拉疆史，黑牛见证多。七星闸启口，万物润新拙。

题唐徕渠

高峡分流百里行，犹叹渠道任纵横。碧波灌垄生春色，玉带含烟绕凤城。
欲借中原潘谷墨，来题塞外水乡名。稻花香里开图画，闲倚栏杆听鹭声。

临江仙　观宁夏引黄灌区有感

禾涨碧波三尺，渠奔白水千秋。凤城何处不清幽？槐花香两岸，柳线系莲舟。　谁道风沙迷眼？分明画里瀛洲。黄河分道此中流。古今皆福地，唐汉已绸缪。

水调歌头　题宁夏引黄古溉

塞北引黄水，汩汩入良田。千渠如络似网，滋养纵蜿蜒。凿史溯追秦汉，卷埽表封技术，文化两千年。古溉堪遗产，流淌到今天。　惊智慧，思

孟国才　重庆

赵俊军　云南

太守，忆蒙恬。精神贡献不朽，载世演奇传。好个绿洲命脉，造就冲融三套，生态后花园。更喜新时代，佳话又鸿篇。

永遇乐　塞上古渠寄怀

黄水箫鸣，贺兰雄峙，风顾龙眷。秦筑田渠，汉修水道，仆政还民愿。锄禾家室，放羊牧马，决斗从来不断。但亏了、江南宝地，落得喜忧参半。金戈冷却，故园新塑，肝胆齐冲霄汉。涝季排洪，旱时灌溉，风雨皆为善。谷仓粮囤，鱼肥草美，阖是物期人盼。兹应把、银川古塞，长歌礼赞。

赵洪禄　四川

谒银川郭守敬塑像

漫伸长臂望江南，总把仁慈写面颔。逸韵飘然何处去，民心早已铸神龛。

长相思　塞上桃花源

梦桃源，探桃源，探到黄河第一弯，春光引凤鸾。

问金川，问银川，怎得奇葩沙漠妍？古今多圣贤。

河北　赵晓生

游唐徕渠银川市区段寄怀

千年引水惠农耕，槐蕊飘香绕凤城。情系黎元浮瑞气，魂萦回汉踏峥嵘。人居大奖辉原野，生态文明奏玉筝。民族和谐春永在，古渠载梦起涛声！

水调歌头　咏宁夏引黄古灌区

驭水书长卷，吟诵意联翩。开渠屯垦，肇始秦汉叹奇观。天堑分流千里，承泽良田万顷，极目尽斑斓。旖旎鸥翔处，流水奏琴弦。　溉膏腴，润谷稼，壮心传。欣逢盛世，迤逦古韵又新翻。广袤川原摛锦，苍莽贺兰焕彩，蔚起水云欢。筑梦新时代，椽笔著诗篇！

鹧鸪天　最美塞上治水人

赵瑞刚　河北

踏浪黄河虺可驯，千秋禹迹有遗存。古渠再绘江南炫，丝路重开塞上新。无热血，不青春，兴修水利乐清贫。此身肯作量天尺，最美初心惠万民。

鹧鸪天　游宁夏喜赋

胡安毅　湖北

爱听花儿唱愈欢，已无愁色上眉端。古渠送水田还润，新站抱堤澜尽安。瓜滴翠，果流丹，河中锦鲤佐盘餐。时人漫道江南好，塞上如今不胜看。

咏宁夏引黄古灌区

胡迎建　江西

车迎我至恕迟乎，心旷还招鹤鹭娱。滩岸栽培疏密树，沟渠滋润嫩青株。
相连千亩种禾麦，谁凿数塘养鸭鲈。何况人和政通日，纵然旱涝保无虞。

灌区遐思

胡启山　江苏

春风化雨润鸿畴，惯看黄河入海流。忆昔开渠民有志，思今禹甸水无忧。
膏田万顷蛙声闹，塞上千钟鹊语啾。更喜家家甘醴熟，年丰人寿祝新猷。

胡斌 浙江

卜算子 歌咏古渠

把酒话麻桑，总有豪情起。治水千年故事多，鹊报春风里。
蛙鼓闹丰年，自在心头喜。雨顺风调稻浪翻，塞上江南美。

塞上怀远

塞上清源地，分明一望中。青云衔白日，紫陌接苍穹。
复得葡萄绿，长将枸杞红。勤心当溯远，纵使到江东。

黄河春潮

钟元悦 宁夏

西风旷野冰已消，汉渠老柳万千条。问得燕子忙如许，只缘河开逐春潮。

塞上春景

大川四月新水绕，秦渠旧柳为君栽。何得古渠欢如许，只为千年稻黍来。

咏塞上古渠

钟吉豪 湖南

塞上江南十四渠，灌为耕者蓄为渔。平流婉若云川画，急泄驰如虿尾书。不似海潮空幻灭，但凭涓滴悟乘除。长留一片襟怀在，好与民心共展舒。

钟萃相　江西

塞上古渠

独厚承天河水注，沟渠横纵写春秋。倾情倾意滋田野，从善从真解急愁。
修库防洪除大害，造湖蓄水保丰收。大河治理千年绩，福水活源万代流。

水利兴邦

天开边塞大河流，地耀平川变绿洲。大禹凿山移涝患，始皇引水解干愁。
春华秋实称天道，岁稔年丰谢地酬。国计民生传百代，河清海晏利千秋。

钟涵文　广东

青铜峡古灌区

塞上早开秦汉渠，引流九曲润明珠。休言朔漠春来晚，但见西畴泽后殊。

柳鬓荷裙偎绣陌，云阶石径簇烟蒲。如然不信蓬莱实，到得此城知有无。

满庭芳　宁夏古渠

九曲分流，千畴得泽，晴光涨满平川。汉时遗韵，渠里碧溅溅。倚岸垂杨倒柳，浓荫下、曲曲溪欢。清幽处，丹摇翠动，似舞鹤飞鸾。　看城楼野墅，爽风轻送，鸟唱关关。漫斟酒、闲来醉说丰年。但见耕牛驮马，花溪畔、畅饮甘泉。人如织，争临塞上，山水作诗看。

段巨海　山西

临江仙　古渠歌

水满百渠行万里，纵横阡陌桃源。禹凭神力劈开山。古时旧水道，犹灌汉家田。因旧谋新贤守敬，千秋功绩流传。中兴宁夏米粮川。唐徕通故国，绿水润三关。

段守仁　江苏

塞上江南感怀

天汉星辰遗世立，山河举目本灵墟。车书同轨三千载，经纬环原十四渠。风嗅麦香春暗渡，月移沙暖雁偷居。贺兰山下呈烟景，耸壑昂霄出混舆。

云南 侯兴黉

旅次宁夏古渠

登临塞上趁轻车，大漠苍茫任草庐。西去胡杨春满眼，南来野客汗沾裾。
凭谁旨意匡时业，从此生民恣猎渔。看到须臾陵谷变，一怀游兴在清渠。

宁夏 宣民庆

青铜峡大坝抒怀

——为宁夏引黄灌渠成功申报世界遗产喝彩

金水汤汤天上来，禹王跃马九州开。黄河万里流今古，社稷千秋无绝衰。
山海经图描北地，青铜峡口展情怀。秦渠汉堰唐徕柳，装点中华圆梦台。

塞上黄灌区感今怀古

胥必成　宁夏

富水东流纡北折，一川锦绣万千渠。
河分脉络秦连汉，树映池塘鸭戏鱼。
黑壤肥腴凭灌溉，辽原湿润好耕锄。
功成代代徭夫力，稻麦年年载满车。

宁夏引黄古灌溉区有感

秦步云　河南

黄河举势境无穷，丝路相邀塞上风。
秦汉开渠叠浪远，乾坤筑梦鉴心诚。
千流妙绘三春锦，百姓遥收万物荣。
水脉堪珍凭指引，功酬沃野笑含情。

望海潮　塞上古渠颂

源寻秦汉，情融水脉，凌波塞上回眸。渠垦欲开，黄河复引，凝心奔赴田畴。千里泽清流。灌溉倾谷稼，筑梦诚求。翠郁生春，纵横踞势遍呈幽。

骋怀沐浴风柔。稻香吟硕果，牛马情悠。城拓锦繁，民迎富庶，忠肝更鉴功酬。伟绩至今讴。英贤谋壮举，青史恒留。旱涝堪消此后，万古绿为洲。

过七星渠

浚渠筑坝立碑文，白马拉缰遗旧痕。红柳沟槽虹渡雨，星渠两岸几回春。

宁夏　秦瑞娟

班培红 陕西

过青铜古峡

滚滚黄龙过古峡，奔腾咆哮溅飞花。惠泽宁夏河川地，回汉同福是一家。

咏塞上古渠

引水千年十四条，良田灌溉育新苗。渠承龙脉黄河韵，塞上江南远客邀。

宁夏抒怀

宁夏从来属朔方，引河筑坝为浇秧。古今素有江南称，千顷良田似水乡。

鹧鸪天　宁夏引黄古灌区

袁桂荣　吉林

以水为魂大业筹，移民万户灌渠修。秦家喜唱膏腴启，汉伯欣除旱涝忧。兴禹甸，续风流，经堤纬坝立平畴。黄河厚哺丰宁夏，千载悠悠润绿洲。

沁园春　宁夏引黄灌区咏

贾来天　山东

生命之源，生活之根，生态紧牵。念黄河天赐，兴农富域；溉区人杰，理水肥田。劈岭开沟，引河取水，十四河渠千古传。方成就，此江南塞上，丰硕家园。　今天，更胜从前，令逐梦兴渠谱壮篇。赞高科热汗，水区奋起；宏图赤胆，丝路绵延。节水精耕，护苗改土，守住初心不计年。春风过，正吹来上善，造福人间。

咏塞上古渠

贾来发 云南

渠引黄河塞上流，春风醉倒白云悠。连今接古千年水，洗尽神州满面愁。

咏黄河

柴世德 浙江

一曲黄河歌不歇，排峰拓壑历桑田。泥沙积聚珍畴展，水道纵横碧嶂连。
两岸钟灵文脉盛，九州毓秀画屏妍。狂涛有梦存何处？恣意东流向远天。

唐正闸门

钱守桐　宁夏

长渠气血惠桑田，淑景开怀福地间。唐正闸门提日月，乾坤一指庆丰年

名垂彼岸

金渠青史立西方，血脉传承万古长。策马狂澜流岁月，恩波浩荡润谷香。

念奴娇　塞上古渠怀古

徐其祥　河南

水天凝碧，沐熏风，沃野秧苗葳郁。遥想当年，凭赤膊，修辟通渠情切。

志比愚公，移川撼岳，浩气冲霄阙。吾何惧也，卷烟抟浪飞雪。　挥洒

热血丹忱，舍身酬伟略，擘开新叶。塞上江南，南亩得滋润，鹭翩鱼喋。万顷良田，太平今有相，怎忘英杰。向潮头立，壮怀千古尤烈。

翁钦润　广东

咏宁夏黄河古灌区

历经秦汉屡兴修，巧引黄河灌沃畴。能匠良工凝睿智，稻花麦浪庆丰收。
闸横石堰堤坚固，槽架云桥水淌流。塞上江南鱼米足，古渠遗泽惠千秋。

鹧鸪天　咏宁夏黄河古灌区

历代先民细踏勘，修渠引水泽非凡。筑坡垒堰疏槽闸，固岸夯堤浚洞涵。

栽稻黍，育桑蚕，风吹麦浪似江南。黄河流泽田膏沃，四野飘香瓜果甜。

过宁夏黄河灌区

高怀柱　山东

车驰画境走城乡，树曳清风一路长。绿野晴烟飞鹭鸟，蓝天丽日映波光。

胜江南看舟船渡，迷塞上飘禾穗香。十四条渠生态景，大河今写美诗章。

塞上古渠吟

高盛毅　辽宁

大河卷浪下天梯，十四古渠飘彩霓。丝路驼铃传旧梦，母亲乳汁化新溪。

晴光摇曳千川绿，波影徘徊两岸犁。塞上春风今胜昔，贺兰吹雪把诗题。

郭生有 宁夏

贡米

天扶水塔第一湾，汉道秦渠调遣观。河套苍茫甘贡米，提闸引润雁南迁。

玉龙

天边玉龙万年开，倒海排山不晚徊。大禹恢弘唐汩佐，更张改换固原来。

唐凤琴 宁夏

冬灌

干渠砌护换新装，喜引河流到远乡。千顷农田忙灌溉，保肥蓄乳备春荒。

春到唐徕渠

唐徕新柳密如帘，风舞柔条绿纤纤。最是一年春色好，黄鹂叶底叫声甜。

唐　龙　福建

题宁夏引黄灌区

引黄枢纽铸青铜，沃野平畴追禹功。塞上江南今胜昔，梦中河套雨调风。
飞槽控泄龙驯服，围堰腾波埽妙工。惠泽欣申世遗录，明珠勤拭记初衷。

秦渠

引水开渠古峡边，不分清浊灌农田。千年沃土知秦汉，万亩青苗誉陌阡。

唐军林　湖南

疑是江南鱼米地，忽思塞上运粮船。蒙恬屯垦功仍在，借得黄河改自然。

唐秀玲　吉林

减字木兰花　塞上古渠

蜿蜒流淌，塞上江南伊哺养，莫忘艰辛，铭记工程修建人。
沧桑渠水，诉说千年文化史，续写华章，惹我缠绵思绪长。

定风波　咏塞上古渠

自是黄河一脉承，千年繁衍古文明。塞上江南多惠泽，般积，无虞旱涝溉区迎。
世代绵延生态带，豪迈，心怀一缕古渠情。三处工程遗产录，

陶裕东　广西

同祝，从今西夏更繁荣。

古渠灌田

古渠千道绕神州，灌溉良田解万愁。又到一年秋日季，人人把酒庆丰收。

塞上古渠

千年渠道古人开，引水黄河映日来。万亩良田秋季里，丰收喜悦互相抬。

鹧鸪天　七星渠

黄玉贵　宁夏

汉武先民始凿通，今朝治水贯西东。七星渠畔平畴阔，牛首山巅气象雄。
扬水灌，稻香浓。蛙声月夜说年丰。鸣沙洲上鱼塘布，富足宁安枸杞红。

西干渠

黄正元　宁夏

旷古洪荒欲变田，无渠少雨亦徒然。倩來十万擒龙将，再造黄河第二川。
灌网铺天驱酷旱，绿洲如海漫茫寒。果香瓜熟兰山下，拼搏三年福永年。

黄江 广西

唐徕渠

仙子凌波降朔方，千年洒露润膏粱。摆裙绣出沙川翠，舞袖牵來鱼米乡。
植柳栽花襄盛世，护城防患共灾荒。人民主政新天地，同享休闲美画廊。

题宁夏古渠

十四苍龙十四湾，纵横大漠未稍闲。古渠最解苍生愿，缀玉凝珠宁夏田。

咏塞上古渠

大河浩荡来天上，挟浪排山气自雄。十四苍龙伏禹力，万般绿韵鉴民功。

驼铃月下千声脆，塞上江南五谷丰。淌入崭新时代画，古渠汩汩唱春风。

过宁夏古灌区

黄远飞 海南

葱茏沃野净尘沙，塞上江南十万家。烟柳拂堤秦汉月，古渠依旧润桑麻。

游黄河古渠

曹杰 广东

宁夏好风光，黄河德泽长。古渠追汉代，水利兴农商。
青柳江南色，嘉禾稻菽香。低头吟咏者，大地有诗行。

题宁夏引黄古灌溉区

曹树造 湖北

浮天九曲载诗情，古韵奇声举世惊。塞上江南渠织就，昌繁北国水浇成。

观古渠有感

龚远峰 浙江

清水有鱼跃，碧天大雁飞。宁夏染锦绣，古渠惹芳菲。陇上桃源秀，沙洲翠羽微。阳关烟雨邈，丝路步云归。

满江红 游唐徕渠感宁夏水利建设

龚琪 甘肃

万里云沙，独嵌此，明珠一粒。称奇是，渔歌欸乃，水田凝碧。素练还流

崔永庆　宁夏

秦月色，长渠漫泻唐膏泽。教时人，疑是梦中游，江南陌。思往事，长叹息，兵燹下，湍流逆。幸飘摇岁月，已成遥忆。精卫英魂从不屈，禹王步履犹能觅。看儿郎，治水砺初心，潮头立。

西干渠

断续残堤记昊王，怎及西干水流长。当知绿梦圆今日，无处不留血汗芳。

沙坡头水利枢纽工程礼赞

大柳情结意未休，沙坡头下看截流。软基筑坝动天地，机电国产惊九州。

一代精英洒热血，八方黎庶惠千秋。长河落日映山碧，白马拉缰史册留。

康锦花　内蒙古

咏宁夏古渠

古渠幸未败光阴，汉调秦腔唱至今。塞上江南春放眼，平畴万顷绿沈沈。

苏幕遮　为宁夏引黄古灌区申遗成功题

岁千更，情万寄。汩汩流波，惠泽丝绸地。放眼平畴惊巧计。旱涝无虞，排灌随人意。秉初心，兴水利。遍野嘉禾，织就江南丽。古灌居功何以伟。造福黎民，增我中华魅。

章育林　湖南

水调歌头　唐徕渠

源出汉之手，浚出唐之颜。一口一渠桑海，故事若潺湲。永忆郭公勋德，长咏青铜雄坝。今古为黎元。慈母千秋乳，富养大银川。粮仓献，遗产誉，动人寰。湖鱼原稻，谁把江南置其间。远带贺兰苍碧，近映长堤烟柳。客醉不思还。第一人居地，范例九州宽。

梁小萍　江苏

为宁夏引黄古灌区作

塞上明渠秦汉通，川原从此绿成风。鱼飞在网芳花外，鸟语兼云远树中。万顷稻粮因水起，百城楼宇倚山雄。嗟称历代贤才出，莫使黄河尽向东。

梁炯荣　广东

宁夏古渠礼赞

塞上江南谷稼殷，荒原屯垦建奇勋。黄河水引滋田野，宁夏渠开吐雾云。

绿陌芊芊花绽笑，清流汩汩犊微醺。无虞涝旱秦唐始，古灌悠悠举世闻。

梁　耿　山西

满庭芳　塞上古渠吟

天赐黄河，祖修渠网，传承水脉悠悠。黄河入宁，八百里巡游。十四古渠送乳，九万顷、旱涝无忧。蒙恬始，汉唐雏见，守敬树楠修。

元明清水技，至今沿用，新计频筹。古灌区，一千万亩丰收。五宝稻禾兴旺，可持续、不逊杭州。文明久，山川叠翠，宁夏富千秋。

八声甘州　赋宁夏古渠

彭　旭　四川

眺古渠边柳映官桥，拂拂展英姿。纵千秋过去，伐薪伤干，春发新枝。神似刑天起舞，威武未曾悲。叶茂根深扎，还固堤基。忆昔行经树下，插杠清淤后，欢酌争棋。但故人何处，唯寂对青碑。笑如今，良田万顷，水草丰，候雁也心驰。应无憾，身遗在此，魂未分离。

峡口沉思

董　钧　宁夏

黄河哺育朔方城，万物苍生岁岁荣。塞上平添南国貌，沟渠未改汉唐名。
甘泉畅饮禾苗盛，玉露酣尝谷物成。处处常怀惜水意，河头省下尾流盈。

游塞上古渠抒怀

蒋卫东　湖南

点滴水源招绿意，汇成渠满漾青波。香来缥缈风光画，锦绣玲珑景物坡。
蜂蝶纷飞悬草木，雁鸢翩舞映涓河。宜居环境心情爽，四季怡恬很好歌。

沁园春　塞上古渠

蒋为民　江苏

千里清流，历代艰辛，气象壮容。忆筐挑秦垄，汉屯陌野，篓扛唐坝，夏理河工。引水开荒，洗盐灌溉，沧海桑田功未穷。书青史，荡绿波束练，稻麦香融。
清泉大地相逢，育金穗欢欣少与翁。望澄泓一碧，湖弯霜月，烟波万丈，渠鼓天风。赤子当歌，丹心续梦，山水云霞画卷中。花儿起，正深情嘹亮，桑梓葱茏。

宁夏引黄古灌区寄怀

黄河浩浩复悠悠，屯垦经营守故畴。水以无私称上善，渠因有道作通流。
江山鼎定足千古，雨露恩沾岂一州。久伫莽原遥极目，自源头处看春秋。

塞上古渠吟

水向春秋远处疏，源源不断惠阎闾。沛然沾溉三千里，浩矣周流十四渠。
润物潜从天地外，济人悄自会元初。丘原蓦起彤彤日，无限风光到眼舒。

蒋世鸿　浙江

唐徕春韵

韩长征　宁夏

一川秀色流明月，万亩良田润盛唐。柳翠堤新织锦绣，波柔水美送清凉。
民居鹊唱人欢笑，草长莺飞花绽香。塞上桃源何处觅，古渠盛世好风光。

唐徕渠赞

韩星明　宁夏

唐徕渠古世间流，浇灌排洪岁月悠。水系纵横波底涌，稻苗摇曳望中收。
欣荣励志沐苗壮，瓜果飘香歌乐酬。鱼米著称人恋久，炊烟尽处画图幽。

念奴娇 塞上古渠

古渠塞上，水文化、淼淼民生添彩。天赐长河惜宝地，浩荡湖城命脉。秦汉始开，唐元续掘，津渡全书载。灌区遗产，流金盛世当代。泽润淘尽明珠，无忧风雨裁。狰狞旱涝，疏治匠心，泊淌间，一带富饶一路。全域漫游、渐臻佳境，泾渭常生态。驰浇瓜菜，朔方饮誉天外。

覃安殿 广西

古渠颂

七旬华诞九州同，宁夏腾飞处处隆。四大灌区留古迹，千年智慧显神功。

名垂史册风情美，气壮山河古渠雄。旭日东升霞万丈，辉煌业绩震苍穹。

程良宝　陕西

咏水

淙淙诸水景丰盈，水引源流百垄荣。秦汉隋唐先治水，人文水土美安生。
古成水渠千秋福，水灌桑田万缕情。碧水蓝天生态丽，山青水秀永光明。

浣溪沙　塞上古渠风韵

塞上江南古灌新，花间林道惠风亲，田畴得润赋精神。
十四条渠隆气象，三千年岁灿人文，生生不息大河魂。

傅渝 重庆

定风波 塞上黄河古灌渠吟

千里奔腾一路歌，育人润物赖长河。十四条渠流汩汩，弦律。兆民泽被沐清波。

斗转星移魂不变，酬愿。花红月洁爱情多。塞上江南今别样，吟唱。轻弹细浪醉心窝。

过宁夏英雄赞

杖敲迢递贺兰前，有客诗成八百篇。塞上江南蜂蝶舞，人间乐曲燕莺弦。

忆随大禹挥奇术，治得狂龙系钓船。勒石将军催马去，斜阳万古白云边。

曾俊甫　湖南

宁夏秦渠

凿取平原一线开，日中遥荡绿波回。穿身草莽横千里，着眼家山洗万哀。
旱涝久经天不悯，升平尚觉世多推。当时困惫烝黎起，孕铸神工见霸才。

游智敏　四川

过银川谒古渠

塞上来看古夏州，黄河至此化渠流。已然千载穷奇力，到底百湖滋绿畴，
畎浍粼粼瓜黍岸，江南漠漠水天秋。又听丝路驼铃急，要插红旗瀚海头。

谢云 浙江

金缕曲 古渠放歌

应是惊鸿瞥。洽黄河，青铜出峡，贺兰依屧。浇块中华文明地，千载绵延不歇。易碛漠，村畴寺樾。七二连湖云影绘，把兴州、一座江南叠。叠勿断，塞垣郁。冯家野马谁堪挟？算从前，秦皇疏道，清王坝设。终改沙洲成三套，到底今朝豪杰。看潮浪，长鲸正掣。四十年来春风劲，立桥头、梦里蓬瀛阙。望水上，一痕月。

水龙吟 七星渠

朔天落幕申遗，告酬汉业千秋志。清河分首，沙坡卧蟒，新田海汇。衡扼千荒，耦耕万沃，龙蜒凤倚。任骧啸瀑落，林荫鸟啭，波光滟，琼楼起。

白马拉缰筑梦，谱劳歌、碑英雄泪。道台躬蹈于河，庶姓逼山邀水。敢教野渡如虹，旱溉涝疏，眼下全程自掣。透缥烟、杞艳瓜香，此大美天堂否。

谢良喜　江苏

沁园春　有感于宁夏水利工程

塞上江南，北地明珠，宁夏故都。有黄河水系，贯穿全境；盐池旧域，横亘中枢。山接甘蒙，水连晋陕，千里农田存远图。升平日，看民风纯朴，百族安居。

河东尽是平芜，溯千载，功遗十四渠。忆秦兴水利，汉开河道，魏推边路，唐置藩区。远启农耕，近供军事，惠泽于今永不枯。更盛世，接丝绸古道，四海通衢。

宁夏水利吟

谢保国　宁夏

信仰中国新改政，民族聚力共同心。宁夏水利天独厚，历史人文血脉根。
众手装扮岸绿柳，人民滴汗稻香村。秦渠汉延粮丰产，美利羚羊土变金。
沙坡换色因坝立，自在灌溉为景吟。念想凝神神足气，节约用水水雍魂。

谢鹏主　湖南

题引黄古灌区

骇浪奔腾裂岭过，恬然此地化柔波。三千渠水青摇柳，十万琼田绿涌禾。
先辈古来遗厚泽，长河终岁助欢歌。贺兰山上皑皑雪，映得银川皓月多。

沁园春　引黄古灌区放歌

浩荡黄河，挟雷裹电，到此温柔。望青铜峡外，渠波缓缓，贺兰山下，稻浪悠悠。杨柳风微，蒹葭烟澹，恍在江南画里游。芳堤上，正歌增逸兴，拟泛兰舟。　何人得展鸿猷，孕润溉文明灿九州。仰刁雍勋绩，功于万户，郭公事业，利在千秋。先德长存，灵源又拓，福泽苍生永不休。新时代，看朔方人物，别样风流。

谢慧颖　宁夏

秦渠春晓

趁晓登高倚云观，纵横渠脉润桑田。东风万叠唤春醒，柳撒黄金草湿烟。

谢巍琦　浙江

咏塞上古渠

黄河富宁夏，灌溉古渠多。大幕掀秦汉，春风度堰坡。欣欣千顷稼，汩汩百行歌。塞上江南好，初心涌绿波！

咏宁夏引黄古灌渠

赖永生　江西

分身有术母亲河，泽润一方佳话多。水网曾谙秦国史，波心犹记汉家禾。
敢凭卑下驱干旱，总以勋劳获赞歌。为问银河光闪闪，高高在上又如何？

定风波　塞上古渠

雷秀春　重庆

滚滚黄河涛浪翻，披襟塞上激雄篇。发轫文明书史乘，驰骋，长歌一曲渺云天。
喜怒无常何以导，渠道，千秋荒漠涌良田。秦雨唐风轻掠过，忘我，但教百姓尽开颜。

解连德 山东

咏塞上古渠

渺渺烟波梦不孤，古渠塞上灿星图。千年合纵黄河水，熠熠生辉百万珠。

赞塞上古渠

复活上河图，风情惠泽湖。斑斓今古韵，璀璨海天珠。
福水连星汉，烟波控钮枢。梦追丝路远，拼搏奋征途。

水调歌头　塞上古渠

蔡文帛　福建

天壤富宁夏，浩荡大河流。纵横渠灌无数，桑柘翳平畴。直把风沙塞北，换作江南烟水，浸润两千秋。屯垦溯秦汉，明月照长沟。青铜峡，九渠首，涌不休。沧桑世变，一闸一坝意悠悠。水乃农耕命脉，粮是民生根本，疏凿大功留。全境膏腴地，涝旱保盈收。

古地新洲

蔡全明　河北

地利黄河引，分渠四野间。稻粱民所计，刍牧国相关。
千载文明迹，今朝盛世颜。绿洲驱大漠，紫诏自新颁。

塞上古渠

秦修汉戍数渠通，沃野隆兴济世功。脊背荣观驰塞马，国门雅道逐边鸿。
惠农自得天神助，控系难能水气融。毕力申遗全竞秀，朔方恰似画图中。

题塞上古渠

秦时塞隘汉延渠，派络黄河惠旷芜。狭口奔流回宇外，千村黍稷尽耕锄。
平原百里瓜蔬盛，畎亩田方渴壤纾。塞北江南今绘就，边荒沃野庆丰余。

廖润昌　广东

咏宁夏引黄古灌区

谭俭方　广东

引黄改得旧山河，塞上江南泛碧波。古闸分流千载水，良田起伏万家禾。
因怀使命征途远，常秉初心绮梦多。昔日峥嵘君记取，但教岁月莫蹉跎。

颂宁夏灌区

谭洪林　吉林

古灌流长十四条，母亲河畔涌波涛。千年圣水生新韵，两岸风光映碧霄。
塞上江南由水得，世间美景在人描。人为水利兴宁夏，幸福花开众手浇。

塞上古渠咏

翟克江　山东

塞上江南历代吟，古渠灌溉立殊勋。分流天堑溪成网，滋润腴田绿满春。
草土围堤荷挺秀，波涛疏浚柳垂荫。大河千载扶宁夏，黄乳滴滴育子孙。

典农河畔随想

樊建雄　宁夏

玉带蜿蜒三百里，青林美苑引新风。凭栏湖畔吟清韵，放眼家园展画功。
时代鸿篇歌一曲，小区大事气如虹。慈心涌注千山绿，爱意流芳万顷丰。

秦汉古渠

黎芷明　广东

古渠寂寂涌浊浪，塞上牧笛唤牛羊。秦皇伟略兴水利，汉帝雄才引琼浆。
百里青纱弄月影，万顷金谷摇日光。斗转星移两千载，泽被天下功无量。

题塞上古渠

颜怀臻　江苏

秦汉凿渠今畅流，润肥稼穑泽春秋。人夸塞上江南美，嫩雨杏花闻唤鸠。

贺引黄古灌区申遗成功

天赐大河黄，千秋水脉张。盈盈滋稼穑，历历焕蕃昌。

貌溢江南彩，风流塞上光。申遗馨入史，世界永闻香。

潘万虎　宁夏

青铜峡水利枢纽

立坝巍峨缚巨龙，汩流劈峡绘湖平。合门迅逝千支浪，启斗狂飞百丈洪。
金水欢情奔地北，银绳舒意向天东。今朝绝唱山河美，佩仰前贤盖世功。

宁夏水利博览馆

吮乳追恩仰大河，雄文华彩炫金波。通渠启斗千畴悦，筑坝调洪万境谐。
廪实安邦荣伟业，物丰续命佩英模。纵描横述承青史，历览沧桑一馆歌。

水调歌头　塞上古渠

潘世信　湖北

秦汉开渠道，一脉润春秋。星罗湖泊棋布，般积稻粱谋。遍地牛羊肥美，四季花繁果硕，古韵荡悠悠。长调牧歌远，悦耳到心头。　踏银川，览碧野，畅优游。古村抱堰，斑驳驿站记乡愁。应羡黄河乳汁，泽被民生福祉，未雨共绸缪。功报『非遗』日，绮梦寄情讴。

红柳沟渡槽断思

薛建民　宁夏

红沟传说有龙孙，岁岁天天谒祖门。跨壑七星雍行道，流冲渠要向河奔。

燕锐 广西

天下黄河富宁夏

惠农北域岁蹉跎，调水南山破白窠。昔劈青铜疏阻隔，今修高坝截银河。
审时古峡施开合，度势英贤办法多。固海扬黄移苦甲，罗山脚下造金窝。

浣溪沙 引黄灌区赋句

浩荡风云满大千，百渠飞浪和新篇。万重楼阁指青天。
方笑引黄通世界，又惊开闸洗河山。眼中光景五千年。

吟塞上古渠

戴高山　福建

神州龙脉自黄河，落子生根伟绩多。秦汉分流疏水浚，隋唐化涝止干戈。
道渠经纬丰千粟，田亩纵横舞万禾。华夏中兴归一统，天朝胜迹谱新歌。

水调歌头　塞上古渠放歌

魏红兵　湖北

万里丝绸路，最美贺兰山。古渠清秀，绝胜烟柳似江南。凝聚先民智慧，彰显农耕文化，荒漠变良田。绵延两千载，世界大奇观。放幽怀，思经略，忆前贤。临风把盏，闲话旧事夜无眠。欲借贺兰作笔，还令黄河联句，诗意上云天。一曲清平乐，日月笑开颜。

塞上古渠颂

魏勇 湖南

绎路繁华不计年，山河未改旧风烟。渠开秦汉因民力，惠泽苍生足米钱。
塞上至今无旱虑，荒漠借此变良田。引黄遗产留千古，惊世工程叹浩然。

大禹治水

魏珣丽 宁夏

水患无情怨九重，禹皇图治缚蛟龙。闸分秦汉盈黄土，笑挂眉梢望麦秾。

附录

评委及特邀作品

魏康宁

塞上古渠美之一

水面卧长龙，神河起彩虹。七星培杞壮，美利育粮丰。
秦汉滋宁卫，唐徕润凤城。古渠存雅韵，万代朔方盈。

塞上古渠美之二

毛渠如血脉，引水淌千年。浸润朔方地，滋肥塞上田。
鱼虾撑破网，麦稻摞成山。回汉开怀乐，幸福万代传。

塞上古渠美之三

七星美利自河湾，秦汉唐徕引坝边。干斗支毛织密网，春浇夏灌谷成山。
古渠历代皆疏浚，天府今朝重器添。更喜银龙甘露洒，高山旱地变良田。

塞上古渠美之四

白马拉缰好兆头，引流无坝润田畴。黄河圣水朔方淌，万顷平原麦稻收。
枸杞葡萄鱼蟹旺，滩羊脆枣酒香流。灌区古老容颜换，天府地灵靓九州。

张嵩

临江仙　塞上古渠吟

万里长风东去，千年流水西来。碧波荡漾画图开。江南出塞上，戈壁有秦淮。

穿越古今一线，动情多少襟怀。心如潮涌望瑶台。稻花香不尽，红果孕蓬莱。

画堂春　七星渠

七星散落化甘霖，银河暗淡消沉。月悬塞北有芳邻，水里温存。

相伴涛声夜夜，耕耘日暮良辰。万斛流韵水龙吟，物阜民勤。

清平乐　青铜峡水利枢纽

腾龙驾雾

荒滩野渡，自古迷茫处。一泄黄流如灌注，浊浪何堪入目。

悠悠，彩虹点染田畴。大坝横穿南北，绿洲映衬渔舟。

醉花阴　晨过唐徕渠感怀

烟柳蒙蒙飞鸟近，流水诗词韵。两岸乐声传，红袖轻飘，乱了谁方寸？

穿城丝带心相印，万象皆滋润。前代有遗风，一脉承接，总把春潮问！

闫云霞

宁夏水利博物馆礼赞

英雄一馆挨肩住，是兴修水利的先父。浪涛中、调虎擒龙，笑傲大河风雨。

[幺篇]我来时、绿野平畴，伟业醮血书去。赛江南、功在开渠，万载后、也乃是功勋展处。

沙坡头水利枢纽工程礼赞

沙坡头下截流住，发电灌溉赞师父。软基中、玉坝横栏，羡煞旧月新雨。

[幺篇]电机房、叶片飞旋，声声唱不尽风流去。坝情结、柳树悠悠，泪涌在、赞歌响处。

固海扬水工程礼赞

俺家世代南山住，为了水愁坏慈父。泪汪汪、渴望琼浆，盼煞老龙行雨。

［幺篇］在星渠、建坝截流，引水向山扬去。掬一捧、喝它个酣畅淋漓，是老汉、摇头晃脑处。

西干渠抒怀

贺兰山下修渠住，是流汗流血的农父。斗饥寒、铁骨铮铮，更斗罡风腥雨。

［幺篇］旱魃除、满眼青山，父辈已然归去。昊王时、浸润禾苗，未抵这、风光雅处。

李葆国

黄河金岸歌

长河一脉起洪荒，搅动黄云水汤汤。奔腾直作东流势，痴情万里九回肠。
循谷绕涧到宁夏，铺开金色琴一张。山作琴身河作弦，淙淙切切错杂弹。
十城弦上十珠粒，大珠小珠落玉盘。锁龙大坝光灿灿，拉缰白马意拳拳。
弦歌一泻八百里，天下黄河富银川。依山傍水兴农牧，党项开国二百年。
兴衰不渝男儿志，千古高丘倚贺兰。寻歌先到沙坡头，治沙汗雨弦上流。
羊皮筏荡摇篮曲，千秋母爱传心语。水轮车转花儿醉，点点滴滴慈母泪。
水入瀚海险几分，中卫挺起治沙军。汗珠浇开星星绿，无边沙棘落纷纷。
草扎方格树连网，卅年唤回沙头春。如今天下名胜地，高速纵横游客频。

皮筏冲浪回绿地，黄沙驼影漾白云。我来尽享滑沙乐，导游原是治沙人。
拼搏振弦弦更响，渠灌跃上牛首岗。填山建起工业园，铝锰产销天下畅。
功绩永书黄河坛，汗渍长留世纪舫。两坝已教城乡灿，风能光伏又并线
宁东井架太西煤，矿藏油气源不断。能源带动百业兴，名企荟萃耀金岸。
一分耕耘一分收，万亩水田涌绿洲，高科高速脱贫困，青龙峡起黄鹤楼。
母亲塑像凌云鹤，白云闲闲水悠悠。黄水谣成昨日殇，改革奏出大乐章。
为教全域趋同步，贫民迁出西海固。二十万人大搬迁，一步踏上小康路。
生态移民起点高，一村一品能致富。绿色观光农业园，家家新房掩绿树。
葡萄红枣硒砂瓜，满园春色关不住。美艳最数枸杞果，寰球宁夏独一处。

沈华维

美了靓女美俊男，痴情每教红豆妒。情思浑如沙湖波，晴明引得百鸟逐。
扶摇直上贺兰山，岩上心语终得悟。卅年改革业煌煌，随波翻成五线谱。
宁夏一步一首歌，黄河金岸歌无数。

己亥新秋登黄河楼

拾级八层顶，风光入眼帘。长桥通两市，玉带绕重山。
金穗齐增富，群楼试比肩。氤氲秋色里，稔熟遍银南。

重游青铜峡黄河大峡谷

船出烟波外，青堆两岸间。风凉新雨后，梦起大河边。

百变峰衔塔，回旋水抱山。浪花盈壑谷，不是旧时颜。

过青铜峡渠首『九渠分流处』

高坝将龙锁，巍峨若等闲。疯狂沙任性，寂寞水能言。

闸映秦时月，波垂汉柳烟。千秋泽塞上，风雨自安澜。

白林中

青铜峡水电站

巨坝横空大禹惊，铺天盖地走长龙。风驰电掣千军战，逾影超光万马腾。
挟浪飞花描朔漠，追星揽月绣葱茏。今人能把黄河驯，千里江南入画中。

古渠家园

恰似黄龙十面穿，古渠织网富家园。千条霞蔚金波漫，万顷云蒸绿浪翩。
独有江南多翠柳，更无塞北少平原。稻菽遍野蛙声里，汗水乡烟不计年。

李玉民

沁园春 宁夏灌网

天赐黄河，横贯西东，佑我朔方。极目宁夏地，碧波荡漾；沟渠连纵，鱼米飘香。仰望先贤，躬行后代，洪祸安澜济世长。潮头立，喜平畴沃野，恩泽家乡。

由来更铸辉煌，灌网梦圆青春激昂。似龙蛇织锦，金涛回廊；沙坡枢纽，渠口悬梁。大坝飞霞，繁星破浪，多少神闸分外忙。黄河水，正风驰十面，永世流芳。

风入松 塞上江南

青波翠浪漫天边，万物尽开颜。生生世世无忧虑，奉食粮、沥胆披肝。不靠龙王赐雨，唯独塞上江南。心甘情愿惠人间，旱涝俱安然。黄河分水渠流润，振农桑、沃野名川。鬼斧神工绝技，造福万代千年。

浪淘沙　宁夏水利博物馆

身在大河边，满目江南。葱茏无际醉心田。此样风光何所取，不问皇天。

代代有蒙恬，杰作连篇。秦流汉润洒人间。功业辉煌今续写，硕果空前。

临江仙　青铜峡水利枢纽工程

大坝巍峨镶塞上，急流跃岸奔腾。渠欢电悦助鹏程。明珠滋沃野，世代记丰功。鱼米之乡添锦绣，嫣然满面春风。探幽觅古妙无穷。黄河殷厚土，举力越高峰。

邓成龙

参观青铜峡闸口有感

世代修渠水自流，引黄基业利千秋。麦黄秧绿蛙声起，塞北瓜香冠九州。

观七星渠忆王树栩

卫宁何时废古渠，农夫盼水稼禾稀。难忘中卫王知县，敢教今渠胜旧渠。

左宏阁

赞引黄灌溉

秦汉开渠育农稼，唐徕引水种稻麻。塞上红鲤跃江南，天下黄河富宁夏。

古渠赞

世人盛赞贺兰山，阻断风沙现绿川。失去古渠浇灌力，神仙休想改沙滩。

修坝人赞

一口三闸今世珍，引黄灌溉运如神。谁知宁夏江南景，功在护渠修坝人。

引黄灌溉颂

泾河小龙得罪天，雨师经常忘兰山，冲天烈焰日蒸烤，百姓唇焦度日难。
幸有天宫垂怜意，掉转黄河向北弯。古今工匠多智慧，渠坝纵横景似仙。
北水南调西海固，荒滩变成米粮川。

后记

『塞上古渠杯』全国诗词大赛先后收到来自全国各地的参赛作品两千余首，大部分内容都能够紧扣主题，以诗词的形式艺术地再现了塞上江南·神奇宁夏两千多年的灌溉史，极大地提高了宁夏的美誉度、知名度，许多作品不仅具有很强的文学色彩，而且思想站位也很高。这是近年来用诗词反映宁夏水利事业悠久历史、辉煌发展历程的一次集中展示，是中华优秀传统文化与『水』完美融合的结晶。

千秋流润兴塞上，天下黄河富宁夏。宁夏得益于黄河水的灌溉，因水而兴，因水而盛。歌唱母亲河、维护和珍惜母亲河是一代又一代宁夏人义不容辞的责任和义务。从黄河分流出来的一条条干渠，如同母亲甘甜的乳汁养育了生活在这片土地上的各族儿女，养育之情永世铭记，感恩之心没齿难忘，相信，这也是每一位诗词创作者的愿望。为了弘扬宁夏水利事业取得的成就，回顾历史，展望未来；不忘初心，歌唱时代，我们从两千余首诗词中精选出六百余首作品汇集成册，选择在金秋十月之际出版，也是宁夏水利工作者和广大诗词爱好者向新中国七十华诞的一份献礼！

在此书编辑出版过程中，得到了施娜女士的热忱帮助，阳光出版社谢瑞编辑的认真审阅，对他们付出的辛勤劳动，深表感谢！

由于时间仓促，编选工作可能不尽如人意，舛误也在所难免，敬请读者朋友批评教正。

编　者

二〇一九年九月二十八日